梦想与美好的岁月

王明月 著

北京联合出版公司
Beijing United Publishing Co.,Ltd.

第一章

陈默又梦见过去了，尽管，那画面有些苍白。

在陈默的生命里，这是个经常反复的梦。像春去秋来，周而复始。

梦里的陈默能感受到肩头那把吉他的重量。他站在舞台中央，麦克风前，在起手按下 C 和弦的瞬间，面前将近一万五千人的黑潮开始呐喊起来。人群里摇曳着无数面巨大的红旗，就像红色巨浪在涌动、翻滚、咆哮。

那是 1987 年初秋，北京首都体育馆，一场名为"沉默爆发"演唱会的现场画面。那年暮春，陈默发行了自己第二张专辑《摇滚的鸡蛋》，一时名动江湖，威震八方。那是中国摇滚的黄金年代，也是经济飞速发展的时期。路上的年轻人大多打扮寒碜，脚踢石子，思想单纯。他们都在哼唱《一无所有》，但眼神总归明亮。

这个梦，总在没有开唱前结束，或者变化。

寂静的卧室里充斥着难闻至极的烟酒味，是正常人难以抵挡的彪悍。一阵手机铃声，把陈默从一张嘎吱作响的单人床上唤醒。不出所料，窗外已华灯初上。在床上躺了整整一天，算得上睡眠的状态却只有几十分钟。对一个抑郁症患者来说，能多睡一分钟，都算老天爷大发慈悲。陈默不知道人类为什么会得这种病，他能够理解粉身碎骨和千刀万剐，但无法理解一个人为什么会失眠。有位大夫曾告诉他，睡眠像一个器官，每个人都有。许多失眠的人，都好强，心里总有个东方不败。

他掀开被子，坐在床边，赤裸的上身已被臃肿的脂肪占据。望着满地的烟头和啤酒瓶，他才恍惚记起，自己已是五十四岁的老男人了。这种从梦境突然回归现实的情况，陈默总是毫无心理准备，所以接受现实，几乎要动用全身细胞，就像一场兴师动众的宗教仪式。

脑袋还在隐隐作痛，每次心跳都纠缠着酒精的气息。当宿醉带来的豁达只剩头痛，自我欺骗的迷人之处才渐渐消失。

他挠了挠头发，五毫米的硬茬泛着些许花白，这是衰老最显眼的所在。平静了许久，陈默起身推开窗户，汽车的鸣笛声被瞬间放大。这是2017年夏夜，空气带着燥热，但总比卧室里的舒适许多。

霓虹掩映在阳台上，照亮了一面巴掌大的相框，一个长发长裙的女孩透过蒙尘的玻璃，甜甜地笑着。她是陈默的女儿陈小沫，十七年前，陈默和妻子离婚时，陈小沫还是个刚上小学一年级的丫头。

现如今，已然出落大方，优雅从容。

陈默凝视相框，脑海里出现了女儿弹钢琴的样子，恍惚间，耳畔也响起了清澈如流的音乐。他在窗前站了许久，仿佛在等这一曲结束，但该死的电话又响了起来，他不得不从女儿的画面里抽离出来。

陈默接通电话，有气无力地说："喂？我是陈默。"他挂了免提，拿起桌上的烟盒，打开一看，又摇了摇，确定是空的，转手扔出窗外。

"您的演出马上要开始了，请问您现在在哪儿？"

"你是哪儿啊？"陈默打开卧室的灯，从地上拣出一支较长的烟头放在嘴边，点燃深吸，"今天有表演吗？"

"这里是帕克拉夜店，我们已经向您支付了一千元的演出费。"

"哦！"陈默拍了拍脑门儿，"想起来了，半小时后一定到。"

"好的，那请您快一点儿，老板已经在催了。"

烟头已经烧到过滤嘴，说了声"好"，陈默才依依不舍地扔在地上，用脚捻灭。

"那谢谢您了陈老师。"

陈默在床上找了找，从杂乱的被子里抽出自己的短袖，刚穿上，却听电话里乌泱泱的："这种过气明星耍大牌儿，真他妈服了……（另一个声音说道）怎么着，人家再怂也是腕儿，喂！你电话，你是不是没挂呀……"

陈默租住的房子在北京南四环，两室一厅，月租三千二。东家是熟人，价格算得便宜。看了看表，已经过了八点，陈默走进卫生间洗了把脸，才想起和那家夜店约好的表演时间是整八点。

站在镜子前，用发蜡搓了搓脑袋，喷了男士香水，刮胡刀在脸上来回一扫，剩下青黑的胡茬儿。回到卧室，背起吉他，在客厅的茶几上掰了根香蕉，来到大门前，穿起大短裤和帆布鞋便出门而去。

夜里，戴墨镜是很奇怪的行为。其实在这座到处是人、是钱、是梦想的城市，已经没几个人能认出陈默了，但不知道为什么，陈默还是会把自己稍稍伪装一下，这可能是一种习惯，也可能是长期抑郁引起的并发症。

晚八点的地铁，稍稍有些拥挤，不知道坐了几站路，总之在团结湖下车。步行十分钟左右，就能到三里屯。在北京这片地方，夜生活比较浓，酒吧夜店三五成群，相映成趣。各色姑娘穿街越巷，招揽生意。陈默一路溜达，很快就到了"帕克拉"门前。

这家夜店，门外设计得金碧辉煌，俗不可耐。大热天，几个保安西装革履地在门前晃荡，如同鬼魅。大门一侧，立着一个小小的 X 展架，挂着陈默年轻时的照片海报，下面写着：万众瞩目！情歌老王子陈默，今夜献唱，晚八点准时开始。"万众瞩目"四个字，就像断头台上的刀似的横在陈默脖子上。

展架旁，还有一张大出三四倍的展架海报，上面是位身穿三点的长发美女，拉扯着前凸后翘的姿势：钢管皇后！莎拉拉！扫二维码，门票火热预售中。

"这位先生！"表情悍勇的保安看到满臂纹身的陈默，走过来问道，"您干吗的？"

陈默摘下墨镜，指了指自己的展架："我来唱歌。"

保安看了海报一眼，又看了看陈默，又看了看海报："这是您吗？"

"小子，要身份证吗？"

"那倒不用，就是看着不像啊，哎？你有点儿像他爸。"

陈默又戴起墨镜，"去，叫你们老板出来。"

保安一听，满脸堆笑："哎哟，您还动气儿啦，我就这么一说，您请进。"

陈默向大门走了两步，突然回头问道："哎，小伙子，这个莎拉拉一张门票多少钱呀？"

"前场五百，后场三百。"

"哦。"陈默点头，"那我这演出，门票多少钱？"

保安扑哧一笑："您这个？您这个要门票的话，今天肯定冷场！"

"是吗？"

"我实话实说，您别生气。"

陈默淡淡一笑，转身走进大厅报了名，一个自称夜店经理的小姑娘带陈默穿过亮晃晃的走廊，进入表演场："我们老板特意嘱咐，等您表演的时候，我们大厅全开暖光灯，所有人都必须安静，就像《我是歌手》那样，让您好好唱几首。"

"你们那老板看上去挺年轻的，没想到还喜欢听老歌儿，真是难得！"

"不是，那年轻的是我们老板儿子。我们老板，跟您年纪差不多，好像还是您的铁杆儿粉丝呢！"

"哦，这样啊！"

跟乐队大概商量后，表演在一声穿透力极强的电吉他声中开始了。

整个夜店，似乎真变成了小小的演唱会舞台。陈默演唱的第一首曲目，是崔健的老歌《快让我在雪地上撒点儿野》。伴着电吉他 solo，强劲的鼓点渐渐掀起了一排排气浪，陈默对着麦克风大吼一声："喂！你们在干吗？都站起来好吗？"

......

我光着膀子

我迎着风雪

跑在那逃出医院的道路上

别拦着我

我也不要衣裳

因为我的病就是没有感觉

......

陈默沙哑浑厚的嗓音在夜店里翻腾起来。舞台上又是喷雾，又是强光，气氛似乎非常热烈。陈默唱着唱着，开始打量舞台之下，他发现人们都坐在吧台附近，喝酒聊天儿，有说有笑，根本没几个人在意舞台上是谁在唱，唱的什么。说得再准确些，这帮只想买醉的年轻人，根本不会在意音响里放着谁的歌，但他们只是需要嘈杂的声音，以保证自己吹的牛不被陌生人听见。

五首歌匆匆唱过，陈默致谢后，台下响起了稀稀拉拉的掌声。

夜店经理上台对陈默煞有介事地说："陈老师，我们老板请您过去一下。"

陈默蹲在地上，把吉他塞进一尘不染的琴包，看都没看经理一眼便说："我没空。"

"一下下就好，顶多几分钟。"

陈默起身，背好吉他，这个二十来岁的小姑娘满脸诚恳地请求道："他们就想和您见一面。"

"在哪儿？"

经理带路，二人便走下舞台，陈默看见一张玻璃圆桌前，一对中年夫妇正站在那儿鼓掌相迎。

　　"陈老师，这位就是我们李老板。"夜店经理像在介绍贵宾似的半躬着身子，"这位是我们老板夫人。"

　　李老板一脸堆笑，二话没说就给陈默一个拥抱，同时万分感慨地说："终于见到真人啦！真人啊！"李老板重重拍打陈默后背，脸上露出了无比兴奋的表情，"陈老师，这是我妻子美雪，我们都是您铁杆儿，1987 年在首体，我们去听过您的演唱会。哎呀，当时人山人海的，我们站太远，压根儿就看不着您。"李老板大笑，指着美雪说，"我妻子骂我，你丫买的什么鬼门票，哈哈，她最后都骑我肩上啦！"

　　"陈默，能抱抱吗？"美雪敞开怀抱，眼眶里晶莹的泪花不受控制地滑过脸颊，"都好多年没听到你的消息啦。"

　　陈默勉强一笑，走过去轻轻拥抱了这位喜极而泣的老板夫人。

　　"这是您第二张专辑《摇滚的鸡蛋》。"美雪从桌上拿起一盒崭新的磁带，"能给我签名吗？"

　　陈默接过磁带，望着封面那张年少轻狂的脸庞，感觉周围似乎静止了一样。在他脑海里，那个反复不去的梦依稀闪过："保护得挺好，就跟新买的一样，给我笔吧！"

　　"实在对不住您啦。我是今儿下午才知道您要来的。要是早知道，我肯定叫儿子给您做一张巨幅海报。"李老板带着些许歉意。

　　陈默把签好名的磁带塞回女人手中："没关系，我能免费喝点儿酒吗？"

　　李老板笑声爽朗："这都不是事儿。"他转头对吧台喊道："喂！小赵，今天这位陈老师的消费全记我账上，听见了吗？"

陈默双手合十道："感谢之至。"

李老板笑说："陈老师，能和我妻子照张相吗？"

陈默点头答应："没问题。"

合影后，李老板上前扶住妻子："陈老师，那您多喝点儿，我妻子她身体不好，需要休息。我们先告辞了。"

陈默一听，再一端详，这才发现女人面色苍白，非常虚弱的模样："好，我知道了。"

"陈默。"美雪甩开丈夫，再次敞开手臂，"能再抱一下吗？"

"当然可以。"

假如说第一次拥抱是为了应付粉丝的请求，那这第二次，陈默算是真真切切地拥抱了美雪。在这个女人身上，似乎散发着一种叫人心疼的温柔。

"谢谢你！加油哦！"当这句用少女口吻说出来的鼓励在陈默耳畔轻轻响起时，他似乎不敢相信，怀里这个女人已经五十多岁了。

她用纸巾轻拭眼泪，转而微笑着，在丈夫的搀扶下，缓缓消失在躁乱的夜店尽头。

此时，陈默的电话再次响起，是前妻打来的。

"喂？小晴。"

"陈默，你到底管不管你女儿啦？"

"当然要管，怎么会不管呢？"

"你管什么了？上个月的生活费就没给，这个月都过去几天啦？当时送她去美国留学，可是你自己答应的。"

"知道了，知道了，过两天就把钱打给你。"

"过两天？又是过两天……"

电话在前妻冷静的质问下挂断了。

陈默走向吧台："哥们儿，给我来杯最贵的酒。"

"不好意思。"这个叫小赵的吧台调酒师膀大腰圆，一脸的尖嘴猴腮，"我刚电话问老板，他说只能免费给您喝啤酒。"

"小伙子，刚刚你们老板说的话，你没听见吗？"

小赵一脸不屑，手里擦着高脚杯："那是我们大老板说的，现在我只听少东家的。再说大叔，您一过气明星，别要了好吗？您知道我们这儿最贵的酒多少钱一杯吗？说出来吓死您。"

"是吗？"陈默一笑，"成，那给我来支啤酒。"

"哎，这就对了，中国老话说，识时务者为俊杰。"小赵在幽暗的灯光下，脸色阴险，行事诡异，他从身后拿起一支小瓶啤酒，递给陈默，见陈默伸手来拿，又故意往回一缩，"假如您哪天又火了，我请您喝最贵的。"

"好，我谢谢你。"陈默冷冷地说，转手接过啤酒，翻手抡腕。只听"嘭"的一声，酒瓶在小赵脑袋上开了花，啤酒沫混着血沫一齐流了下来。

第二章

　　两个月前，艺人江诗蕾出演的武侠电影上映，虽说是公认的烂片，但众多影评人却对江诗蕾的演技青睐有加。即使许多观众都吐槽剧情的幼稚和无脑，但大多数人都在说，要不是江诗蕾独撑大梁，这绝对是本年度最佳烂片。

　　二十五岁的江诗蕾虽说身高偏低，但她古灵精怪的性格、窈窕可人的外貌，外加从容大气、动情至深的演技，却让她在美女如云的演艺界独树一帜，圈粉无数。然而就在她事业蒸蒸日上、炙手可热的黄金时期，却意想不到地被曝出了绯闻。

　　身为明星，有点儿绯闻也不是什么大不了的事情，可偏偏江诗蕾是个已婚女性，老公又是小有名气的商界精英。在众人眼里，她既顾家又纯情，简直就是情侣楷模、少男杀手。所以这件事无论对她，还是对因她而跻身"金牌经纪人"行列的王烨来说，都算得上是晴天霹雳。

当江诗蕾和某知名男歌手在罗马街头牵手散步的照片被公之于众时，王烨立马联系了曝料人进行公关。但半小时后，网上又曝出了他们一齐入住酒店的照片。于是，王烨所有的幻想都随着手机屏幕的熄灭而化为泡影。

王烨是 80 后爷们儿，从小就有明星梦，大学毕业后，在机缘巧合下，王烨进入了一家明星经纪人公司打杂。由于平时做事细心，为人圆滑，很快就成了一名无事不做、独当一面的职业经纪人。尽管自己成为明星的梦想越发渺茫，但作为明星身边最亲近的人，也总令那些其他职业的同学心生艳羡。

此刻，王烨正坐在黑马经纪公司的会议大厅里。老板是个四十多岁的职业媒体人，他先是陈述了江诗蕾出轨事件的来龙去脉，紧接着又曝出一组数据，直接证明了此事对公司造成了空前的经济损失。

老板说："我认为某些人不必惭愧，直接引咎辞职不就完了。"

鬼知道王烨当时是什么表情。

会议结束后，他走回办公桌，打印了辞呈。一切都很顺利，老板二话没说就在辞呈上签下了难以辨认的名字："交给人力部就行了，我很忙，你出去吧！"

当时王烨心里还在幻想，老板或许会在他出门前叫住他，对他说："小王，既然要走了，我准备给你开一个欢送会，毕竟你也曾为公司带来过巨大的经济效益嘛。"

可老板什么都没说，他的心差点儿碎了。

回家路上，经过后海，王烨在那儿的酒吧里猛喝了一通，然后打车回家。王烨租住的房子是一栋精品单身公寓，屋里许多东西都是江诗蕾为他添置的。这儿位于北三环，离北京电影学院不远。

所以，每当他站在阳台上张望，总能看到许多漂亮姑娘，穿着时尚诱人的服饰，在杨柳依依的蓝天下匆匆掠过。

关闭手机，王烨躺在床上，用被子蒙住脑袋大睡特睡。他什么都不想管、不想问，更不想去思考什么过去未来，他只想好好睡一觉。

很快，他睡着了。他梦见江诗蕾拿了奥斯卡影后，他坐在台下为她狠命鼓掌，甚至激动地流下了眼泪。

但他很快意识到，这是假的，是不可能的。于是他醒了。看了看窗外，已经是黄昏时分。阳台上，笼罩着琥珀色的光晕，他养的那几盆白牡丹已然凋零，微风过处，还有一星半点儿的残花在金色的空气里飞旋、飘零。

从床头柜上拿起遥控器，打开电视，翻到娱乐频道。不出所料，江诗蕾出轨事件仍在发酵。主持人说："江诗蕾在微博上公开致歉，她希望粉丝们能原谅她，并且宣布，她会在未来一段时间内，暂时无限期地退出演艺圈。"

"退出演艺圈？"王烨感叹道，"诗蕾啊，你为什么不告诉我呢？假如你提前告诉我，事情也不会走到今天这一步。"

"娱乐不停，继续播报。陈默这个名字，想必对于现在的年轻人来说，可能比较陌生。但对于年纪稍大一些的人，他的名字应该是耳熟能详的。上世纪八九十年代，在中国摇滚鼎盛时期，陈默曾是与崔健、黑豹乐队等知名音乐人比肩的摇滚巨星。这些年来，因抑郁症渐渐淡出了人们视野，但就在昨天，这位摇滚老将因打架斗殴，再次出现于公众面前。"

"2017年6月3日夜，陈默在三里屯一家夜店演出后，与夜店工作人员大打出手。我们的娱乐记者接到消息后，在第一时间赶到了这家夜店并进行采访。"

画面一切，只见记者将一支麦克风伸向一个女孩，女孩穿着黑色制服，胸前名牌上写着"经理"二字。

"请您描述一下当时的情况。"

女孩说："我也不太清楚，听我们调酒师说，他就是点评了一下陈默唱得不怎么样，就被陈默用啤酒瓶儿砸了脑袋。"

"你说的陈默，是那位大家都熟悉的摇滚歌手陈默吗？"

"应该是。"女孩拨了拨斜垂的刘海儿，"虽然我们都没听过他的歌，但听老板说，他过去的确是一位特红的歌手。出事以后我还在网上查了一下，的确是歌手陈默。"

"好的，谢谢你。"

画面再一切，主持人站在镜头前侃侃而谈："一位知名歌手，在夜店大打出手，就因他人点评自己唱得不好，看来我们的社会还需要多一些包容，多一些理解……娱乐不停，继续播报。"

"这老头儿脾气还不小啊！"王烨自言自语道。

王烨放下遥控器，旋即来到阳台上。今天的北京出现了难得一见的好天气。一碧万里的晴空，纤云妖娆。远处的晚霞，就像燃烧的棉絮，低低地压在天边。王烨拿出手机，拨通了江诗蕾的电话。

"喂，你还好吧？"

电话一边的江诗蕾笑道："有什么不好的，我正在吃大餐呢，你要不要来？"

"哎呀？我说你可真是的，出了这么大情况，你跟没事儿人似的。"

"没关系啦，律师这两天在帮我办协议离婚。你呢？是不是挨老板批啦？"

"我辞职了。"

江诗蕾惊呼："什么？你干吗辞职啊？"

"算了，不说这事儿了。"

"你等等，我给老板打电话。"

"算了算了，我到哪儿还混不了一口饭呢？再说辞职也是我自愿的，你打电话过去，我不是很为难吗？"

"王烨，明天你有时间吗？我带你见个朋友，他也是一个经纪公司的老板。"江诗蕾说，"虽然没有黑马实力强规模大，但旗下也有不少知名艺人呢！"

"不用了！我想歇段时间，等我歇好了，需要你帮忙的话，我会打电话给你。"

江诗蕾静默了片刻："那好吧！只不过……对不起啦王烨。"

"说什么呢？咱之间说什么对得起对不起的。"

他们隔着手机冲对方嘿嘿一笑："好了，你照顾好自己，我等你重出江湖。"

挂了电话，王烨望向远方，想着自己的未来就像天边的晚霞，也不知到底会飘向哪里。

第三章

　　打人事件发生两天后，陈默决定从自己租住的房子里搬出来，他已选好了南五环的一处老楼，和几个大学生合租。这样一来，每个月还能省下一笔钱，供陈小沫留学开销。

　　陈默叫来搬家公司，叮嘱工人哪些搬哪些不搬之后，自己便等在楼下抽烟。那天一早，天灰蒙蒙的，不时飘着牛毛细雨，没过两小时，又晴开了。阳光穿过飞云倾泻而下，地上本来就不多的雨水立马踪迹全无。

　　陈默坐在小区凉亭里，拿着烟盒跟打火机，一支接一支地吸。他肩上斜挎的军绿帆布包，显得非常老旧。想来，这只挎包已陪了他三十多年。挎包里装着女儿的照片，还有其他一些杂物。

　　此时电话响起，陈默一看，是陌生号码，便挂了。两分钟后，铃声又响了起来，陈默一脸的不耐烦："喂！我是陈默。"

　　"陈老师您好，我们酒吧想请您过来表演……"

陈默打断女人的话："哪儿的酒吧？"

"我们在后海。"

"怎么唱？多少钱？"

"您这两天在网上火了，我们想请您过来唱一首《双截棍》，再唱首《龙拳》，最好能唱出重金属那范儿……"

"对不起，我不感兴趣。"

"哎陈老师！等等啊，您随便哼哼就成，瞎喊也无所谓啊，两首歌五千块……"

"再见。"

搬家公司陆续把东西抬上这栋南五环的老楼，同租的三个大学生为表示友好，也跟着上下帮忙。

学生们都是刚毕业的北漂，三人租住在这间两室一厅的一室里，二十平方米左右的空间，摆着两张高低铺，三张电脑桌和几把椅子，屋里站四五个人就会显得拥挤不堪。

这几个孩子显然不知道面前这位大叔是曾经叱咤风云的摇滚巨星，所以一口一个"大叔"，叫得颇为亲切。

个子较高的学生自我介绍："我叫大壮，这个胖些的叫狗熊，这个皮包骨头的叫猴子，大叔贵姓？"

"免贵姓陈。"

三个学生异口同声："陈叔好！"

"你们好，以后相互照应。"

"那自然，远亲不如近邻嘛！"胖墩墩的狗熊一边帮陈默整理东西，一边笑道。

"陈叔，您是干什么职业的？"

"我？"这突如其来的问题一下难倒了陈默，他沉思片刻，"我就一下岗工人，现在到处打工，没稳定工作。"

"哦！"大壮意味深长地点着头，"我们都是去年毕业的，现在在同一家软件公司上班。"

"陈叔，我们公司有个看大门的保安不干了。"猴子说，"要不您来吧？工资还不赖，主要是稳定。"

陈默把被褥铺在床上，笑道："谢谢你们，我考虑考虑。"

"那您抓紧考虑，否则被人抢了饭碗儿。"

"谢谢。"

几个人说说笑笑，陈默的电话突然又响了起来，掏出一看，还是陌生号码："喂，我说不去了，您能不能别再烦我？"

"什么？"电话那头一女声惊叹道，"你不来了？你已经一个星期没来看你母亲了！"

陈默一听，连忙看了看手机屏幕，这才晃过神儿，原来是养老院的电话："啊！实在不好意思，我马上过去。"

"抓紧时间！"

和三个学生打了招呼，陈默便出门坐地铁，前往位于大兴南边的一家养老院。自从六年前，陈默父亲去世后，他母亲就联系了这家养老院，第二个月便搬了进去。从前年春天开始，本来一向好脾气的老太太，性格突然变得暴躁起来，有时候，还会经常忘了陪护人员的名字。养老院的人告诉陈默："你母亲可能得了老年痴呆。"后来送去医院检查，果不其然。

这家养老院环境不错，建在城郊僻静处，院子里树影婆娑，花香馥郁。此时此刻，在陪护人员的组织下，一众老头儿老太正坐在阴凉里唱歌，他们每人手拿一册唱本，唱的都是《映山红》、

《南泥湾》一类的老歌。

见陈默走来，一位身穿粉袍的陪护女孩上前笑问："陈先生是吗？"

"是啊。"陈默彬彬有礼。

"院长说，请您先去趟办公室。"

"哦！有什么事儿吗？"

"应该吧！请跟我来。"

在女孩带领下，陈默走进一栋二层粉楼，在第二层右手最里边的院长办公室前，女孩敲了敲门。

"请进！"屋里有人喊道。

女孩扭动门把手，推开木门，欠身让陈默进去。

"院长，你好！"

"陈先生啊！"面前这个五十来岁的老男人指着办公桌对面的旋转椅说，"快请坐……叫您来呢，是有件事儿跟你商量一下。"

"您说。"

"你母亲啊，最近这个病恶化得有些厉害。"

陈默莞尔一笑："是吗，我还不知道。"

"所以要让你知道嘛！"院长把手里的圆珠笔扔在桌上，"从几天前开始，你母亲出现了小便失禁的情况，我们也问了医院，大夫说这是病情恶化的结果，而且往后，恶化的速度可能会更快。"

陈默把手心的冷汗抹在裤腿上："难道那些药已经没用了吗？"

院长眉眼侧低，不屑一笑："准确来说，不是没用了，是效果不大了。"

"当然，你也不必担心，我们不会因为老人家病情加重而怠慢她，这点请你放心。"

陈默眼帘低垂，脑袋轻轻一点："谢谢院长。"

"只不过……现在护理出现了更加复杂的情况，自然就要增加一笔额外的护理费，希望陈先生你能理解。"

"理解，当然理解。"

"好！院里决定，在李彩霞原有的护理费上，增加一笔医疗护理费，每年两万，可分四次缴清……陈先生？听清楚了吗？"

"哦！听清楚了。"

"也可以一次性缴清，明白吗？"

"明白。"陈默脸上平静，但内心焦灼，心里对母亲的愧疚和自己的无能相互纠缠，一股莫名的酸楚涌上眉梢。

院长从身边的文件夹里抽出两张 A4 纸递给陈默："好，那请在这份新协议上签个字吧！"

从院长办公室出来，陈默躲进墙角，连忙用手拭去眼眶里打转的泪花。脑海里，那些真切、模糊、断裂而又难忘的回忆渐渐浮现出来，他记得在每个冬天的清晨，母亲会为他拿来在炉火上烤温许久的棉衣；记得小时候每次闯祸，母亲虽然生气，但怎么也舍不得挥下那只停在半空的手。她的话不多，却总是微笑，在她眼里，陈默永远都是个不听话的孩子。

从粉楼出来，陈默看见陪护女孩推着轮椅上的母亲走进了一片树荫。他上前从女孩手里接过轮椅，推着母亲来到一个石凳旁，自己往石凳上一坐，准备点火吸烟，却听妈妈说："你好，养老院不让吸烟。"

陈默看了看面无表情的妈妈，转手把烟塞回烟盒："您记得我是谁吗？"

老太太头发花白，面色蜡黄，她曾是一位和蔼可亲的中学老师，虽说年过七旬，但脸上皱纹并不多。听陈默问话，她缓缓将挂在胸前的老花镜戴起来，细细打量了陈默一番，似乎惊喜地发现了什么："你不是那个……养老院新来的保安小江吗？"

她深深浅浅的语调，就像树荫下偶尔吹过的凉风，叫陈默为之一颤。她肩头的羊毛围巾在一阵晃动后跌进了后背与轮椅之间的缝隙，虽说是盛夏，但老人瘦弱的身体却经不住一丝清凉。

陈默将羊毛围巾拉起来，给她重新盖好："是啊，我就是保安小江，阿姨记性不错。"

"怎么了？又跟你爸吵架了？哎哟喂……怎么又哭了？"老太太从毛衫里取出纸巾递给陈默，"哝，快擦擦，男儿有泪不轻弹，别动不动哭丧个脸。"

在母亲的训话里，陈默擦去眼泪，微微一笑："我跟我爸吵架，那都是家常便饭，怎么会哭呢？"

老太太嘴角挂着尚未褪去的笑意："你们这些年轻人，就不爱听父母说话。我们家那儿子，跟你一样，也经常跟他爸吵架。一吵半个月，谁都不理谁，都是犟驴。"

"阿姨，您儿子是干吗的？"

"我儿子？"老太太哼哼一笑，"就是个不务正业的人。打小不听话，成天就喜欢唱歌。我跟他爸都希望他能当一个科学家，最差也要当一个工人，将来为社会贡献力量。谁知道怎么了，他居然跑去卖艺了。"

"您生气吗？"

老太太望着远处不断翻滚的云浪，长叹一声："一开始生气，后来也想开了。我经常给他爸说，人这辈子，有没有出息都是别人眼里的，我就希望我儿子健健康康，吃饱穿暖，这就够了。不过你别说，这小子还真弄了点儿名堂呢！"

"什么名堂啊？"

老太太捂嘴一笑："闹不好你听过，他现在可是大名鼎鼎的歌星呢！好多人都认识他。"老太太说到这儿，表情生动了许多，"他叫陈默，唱摇滚的，你听过吗？"

"当然听过。"

老太太笑得含蓄："就知道你听过，毕竟都红遍大江南北了嘛！"

"您为他骄傲吗？"

"当然，我当然为他骄傲了，哪有当妈的不为儿子骄傲的？"

"阿姨，您有这么好的儿子，干吗还住养老院啊？"

老太太脸上又闪过一丝失落："他婚姻不好，事业又忙，我不能再连累他呀！其实有时候，我倒希望他是个普普通通的人，有个好家庭，做个好丈夫，当个好爸爸，比什么都强。男人嘛，一辈子忙忙碌碌，到最后图个什么呢？不就是图个幸福的家庭吗？假如到最后落个一无所有，除了我这个当妈的难过以外，还有谁能理解他、心疼他呢？"老太太迎着阳光淡淡一笑，"可我毕竟陪不了他一辈子，所以我只能希望，他能再遇见一个人，像我和他爸爸那样，唠唠叨叨地把日子过完。不求什么大富大贵，不要孤单就好。"

陈默低下头，在哭泣中强颜欢笑。

"你说什么？"

"哦，我没说什么……我就是想问问，假如有天您儿子成了过气明星，您还会为他骄傲吗？"

"什么是过气明星？"

"就是过去特红，现在不红了，没几个人知道的明星。"

老太太点了点头，似乎明白了陈默的意思："人不可能永远站在山顶，你说是不？其实这世上最可怕的事情，不是失去了荣耀，而是习惯了沉沦。"

陈默笑了笑，又问："他经常来看您吗？"

"来啊，经常来，昨天还来了呢！"

和妈妈在树下坐了许久，陪护的女孩过来对陈默小声说："陈先生，今天天气不错，我们要给老人洗澡。"

"哦，好的，我帮你推吧？"

"不用。"女孩握住轮椅推手，笑道，"你可以去奶奶的房间等着，洗完后我把她送回去。"

"那麻烦你啦。"

轮椅的轮子转动起来，陈默望着妈妈渐行渐远的背影，听她笑着对女孩说："这小江，还跟他爸爸闹矛盾呢！"

在陈默眼里，妈妈是一米一米离开的。但在陈默心里，她却是那么遥远，仿佛每一秒，都离开了几万光年。

坐在石凳上，他点了支烟，想起了那场开价五千元的演出。他掏出电话，拨通了那个陌生号码："喂，我是陈默，你们的演出是什么时候？"

第四章

　　这家叫"放克"的酒吧算是后海一带较大的一家，消费水平不低，环境别具一格，像座废弃工厂，四壁满是涂鸦。顾客凭会员卡进入，低级会员，一万开卡。王烨是"放克"的高级会员，过去，他经常带江诗蕾来这儿放肆。作为公众人物，生活总会压抑，没事的时候撒撒野，洋酒啤酒一通乱喝，心情会莫名其妙地好起来。

　　夜里八点多，黄昏泼了墨似的，转眼黑了下去。王烨走过天桥，眼前一片车水马龙。天边看不到星星，除了霓虹，一片朦胧，像雾像霾又像风。糊里糊涂走了一段，不知不觉到了后海边。跑步的、遛狗的人来人往，谈情的、说爱的密密麻麻。有些酒吧，深深浅浅地往外传着歌声。最近民谣横行，一夜之间，蹦出来许多民谣歌手。

　　只想找点儿酒喝的王烨，此刻站在"放克"门前，他看了看台阶下的演出海报，立刻从花花绿绿的画面里，看到了一张冷酷似铁的脸。

"这不是前两天打人的老爷子吗？"王烨看海报上写着：摇滚天王陈默，暴力美学，让你不再沉默。

王烨走到门前，指着陈默的海报问守门的年轻人："这老爷子什么时候演出？"

保安抬起手表一看："九点开始，还有十三分钟。"

"这老头儿唱什么呀？"

"《双截棍》。"

王烨哈哈一笑："搞笑吧？人可是唱摇滚的，你没骗我吧？"

"假一赔十！"

"成！那我倒想看看。"王烨掏出金光闪闪的会员卡，在保安的会员机上一扫，"滴"的一声后，保安躬身道："尊敬的贵宾，这边请。"

走进"放克"，几个穿着暴露的女孩正在台上，伴着轻快的电子乐和炫目的射灯大跳热舞，王烨不是第一次来，他知道这是"放克"式开场舞，开场舞之后，才是重头戏。

"放克"的桌椅，有的是非常简单的铁艺风格，有的是非常舒适的欧式套件，王烨在角落的高级会员区入座，这里有柔软的豪华单人沙发和独立调酒区，是他和江诗蕾的固定据点。

根据会员信息，服务生送来了王烨存在酒箱里的半瓶龙舌兰和一瓶威士忌，望着桌上被灯光点亮的酒瓶，王烨恍惚间又想起了江诗蕾。半个月前，他还和她在这儿无忧无虑地喝到天昏地暗，在大醉和断片儿之间高谈阔论，煮酒江湖。谁想转眼间，江诗蕾就成了污点明星，而自己也成了无业游民，真是世事无常，无常最常啊！

这时，舞台暖光骤亮，台下掌声雷动，尖叫迭起。那个表情坚毅的打架老男人，斜背着吉他从台后走来。主持人不知躲在什么地方，只听音响里传来了介绍歌手的旁白："摇滚天王陈默！今夜，让我们一起来感受他的暴力美学吧！现在，请大家站起来，准备好你的呐喊、咆哮和尖叫，各就各位，表演马上开始！"

王烨叫来服务员："给我一桶冰块、两听可乐。"

许多年轻人都向舞台聚拢，灯光在主持人的话结束后尽数熄灭，随着一声刺耳的电吉他声盘旋拉起，一连串鼓点轰然落下，周围的灯光再次大放异彩，台下的年轻人全都尖叫起来。

陈默在暴躁的节奏中猛烈迅速地狂扫琴弦，看得王烨浑身燥热起来，他连忙给酒杯投下冰块，可乐威士忌二比一，大口喝干后，心里不但没有冷却，反倒更加热血沸腾。

只听陈默大喊一声："呜呀！"

……

快使用双截棍

哼哼哈嘿（台下年轻人呐喊）

快使用双截棍

哼哼哈嘿（王烨无法自制地随声吼道）

没事我有轻功

走来走去

为人耿直不屈

一身正气

……

王烨没想到，这老男人居然如此不走心，连歌词都唱错。但这核爆炸一般的金属摇滚感太过于动人心魄，叫王烨觉得，这老男人除了强大，还是强大。这些年跟在江诗蕾身边，也见过不少年轻的摇滚明星，虽说都是炙手可热的角色，但从来没给过王烨如此浑身战栗的感觉。可以说，当这个嗓儿门浑厚沙哑的老男人一开口时，王烨就起了一身鸡皮疙瘩，然后一丝一丝的酥麻从天庭直抵脚后跟儿。

……
快使用双截棍

你快用双截棍

没事用双截棍

哼哼哈嘿

没事用双截棍

哼哼哈嘿

哼哼哈嘿

哼哼哈嘿（年轻人几近疯狂）

快使用双截棍

……

陈默用电吉他冷酷地 solo 起来，左手在琴面之间上下飞驰，手指加花的速度如同鬼魅，那不断升高的音符如同被火药炸裂的弹片，密密麻麻地射穿了整个空间，王烨甚至担心面前的酒瓶会因为共振而爆裂开来。

在一串密集的鼓声中，这首金属摇滚版的《双截棍》落下了帷幕。所有人疯狂呐喊："再来！再来！再来……"

老男人点了支烟，深吸一口，对着麦克风缓缓吐出来。王烨以为他要说声"谢谢"之类的话，万万没想到，他竟然什么都没说，只对着麦克风吞云吐雾，还有意无意地咳嗽两声。当他把烟头扔在地上，用脚捻灭时，台下的年轻人再度疯狂起来。

第二首歌仍是在一片呕血的呐喊中结束。

王烨坐在角落里，用手机浏览了陈默的资料。这位曾经声名显赫的摇滚巨星，似乎在王烨生命里从来没有出现过。手机屏幕里，那些疯狂的旧照片和不胜枚举的专辑名称、获奖荣誉，仿佛隔着时空，向王烨展示着一个无比荣耀的年代。

但王烨的确没听过陈默的名字，作为娱乐圈混饭的人，这确实不合逻辑。除非，他曾经辉煌一时，却在王烨入行以前，就已经一文不值了。或者说，是被人遗忘了，对于明星，这是最残酷的现实。就好像马戏团里那只风靡一时的猴子，死就死了，不会有人记起它叫汤姆还是罗比。

但无论如何，王烨见证了他实力非凡的唱功。此时此刻，在王烨心里，这个穿趿拉板儿的老男人，就像一颗沧海遗珠。作为一名职业经纪人，他敏锐的商业嗅觉顿时苏醒了。他脑海里涌出了许多挣钱的点子，那无数个商机和无数种可能在他心里萦绕不绝，他提醒自己，不能坐以待毙。

王烨走出自己的位置，在后台礼貌地拦下了正欲离开的陈默："陈老师，您好。我是黑马经纪公司的职业经纪人，我叫王烨。"他掏出自己的钱包，抽出名片双手奉上，"能不能和您认识认识？"

"不能。"陈默面无表情地说。

"您看看名片再说嘛！"

陈默背着琴包，接过名片扫了一眼："字儿太小，看不见。"转手又塞回王烨手中，错身便想离开。

"哎哎哎……别介啊？"王烨连忙阻拦，"您别走啊？我就是想跟您聊聊。"

陈默冷冷地说："对不起，我实在没那工夫。"

"陈老师，我有办法让您东山再起，您有没有兴趣？"

陈默咧嘴一笑："东山再起？我干吗要东山再起？"

"哎哎哎……您别走啊？给我十分钟成吗？我真想跟您聊一聊。"

陈默扬起头看了王烨一眼，"有酒吗？"

"有，绝对有，想喝什么随便挑！"

"那就十分钟。"

王烨竖起大拇指笑道："陈老师局气！"

坐进柔软的沙发，陈默依次拿起王烨桌上那两瓶看了看，逗趣地说："有钱人啊？喝这么贵的酒。"

"您别挤对我！"王烨拿起酒杯问道，"陈老师，兑些可乐吗？"

"别糟蹋东西！"

"得嘞！"

王烨倒酒的空当儿，一个女孩跑过来问王烨："您是江诗蕾的经纪人吧？能麻烦您帮我要一个签名吗？"女孩手里拿着江诗蕾不久前刚发行的一张专辑，满眼期待地望着王烨。

"对不起，你认错人啦！"王烨悻悻地说。

"不可能啊？我都看您半天啦！"女孩掏出手机说，"和网上的照片一模一样啊？"

"不好意思，我真不是什么经纪人，对不起您嘞！"

"好吧！那算了。"女孩意兴阑珊，转头又看了眼坐在沙发里的陈默，"大叔，虽然你不是明星，但比明星唱得还好听，棒棒哒！"

"谢谢。"陈默点头致意。

女孩离开后，陈默喝酒问道："你是不是江诗蕾的经纪人？"

"是啊！您也知道江诗蕾？"

"不知道。"陈默说，"那专辑好听吗？"

"瞎唱的，KTV 水平。"王烨喝干杯里的酒，"陈老师，听说您有抑郁症？现在怎么样？"

"还行吧！"

"您现在一个月演几场啊？"

"有时候三五场，有时候一场也没。你应该知道，时下没几个人听摇滚，大家都活得很麻烦，哪儿还有生活的激情？"

"陈老师，我说我能帮你东山再起，你信吗？"

陈默瘪嘴一笑："怎么东山再起？"

"炒作啊？现在这年代，不炒作谁知道你是谁？都说酒香不怕巷子深，屁话！你要不炒作，谁知道你家有没有酒？您说对吗？"

"你打算怎么炒我？"

"咱可以去地下道卖唱，然后录视频，传到网上。名字就叫……您别生气啊，我就是一说。名字就叫'昔日摇滚巨星落魄，如今在地下道卖唱为生'。我去公关几个网络红人转发，不出半小时，肯定大面积传播，一夜之间，保准你火遍大江南北。"

"接下来呢？"

"接下来咱们接演出啊，什么大型文艺晚会、大型综艺节目，最好再弄点儿感情危机女友绯闻，不断制造话题，不出半年，肯定能东山再起。"

"小子。"陈默给自己酒杯倒满,"你觉得有意思吗?"

"有啊!"

"你不觉得现在这娱乐圈,就是让你们这帮人搞臭的吗?"

"话不能这么说。这叫什么?这叫产业链。"王烨双目圆睁,炯炯有神。"为什么炒作?不就是增加明星的吸金能力嘛。陈老师,别管什么娱乐圈臭没臭,那都不是咱们该考虑的问题。臭怎么了?能圈钱就成啊?您说是不是?"

陈默点了支烟,笑而不语。

"难道您就喜欢在这种不见天日的酒吧里卖唱为生?好一点儿几千,差一点儿几百,挣的都是毛票,你算算你几百年能在北京买套房?"

"年轻人。"陈默朝王烨脸上吐了口长长的烟,然后把酒喝剩半杯,转手将烟头扔进杯中,"嘶啦"一声,"你挣你的钱,但别往我身上打主意。"

陈默起身就走,王烨连忙劝阻:"哎哎哎,陈老师,您听我说嘛……"二人走出酒吧,一路边走边说,"难道您不想东山再起吗?您就不觉得对于一个曾经的摇滚巨星来说,现在这种生活很垃圾吗?"

陈默把视线落在王烨以外的地方:"你想听真话吗?"

"想。"

"是很垃圾。"

"那您就不想改变一下?炒作这种手段,大家都在玩儿,市场需要嘛!"

陈默突然止步,对着王烨冷冷一笑:"年轻人,你知道我们这代人，和你们有什么区别吗？"

"洗耳恭听。"

"我们成长在一个理想主义的年代，摇滚，是纯粹自由的、充满理想的一种情感表达，它想表达的内容是对生活的热爱。它批判冷漠、谎言，鼓舞人们去奋斗、去相爱，它应该是真实的，倔强的，不容造假的。所以我可以活得很垃圾，我愿意为它付出代价，你明白吗？"

王烨不屑一笑："陈老师，别傻了，谈什么理想主义，时代变了！我们需要钱，需要发展，我们需要快速消费，我们需要用快餐文化填补空虚。假如您真的坚守信念，干吗要跑来唱《双截棍》呢？陈老师，您别生气，我说的都是现实。这时代潮流浩浩荡荡，顺之者昌逆之者亡。您干吗非要逆水行舟呢？"

"我知道你说得对，这也是摇滚没落的原因。"陈默面无表情地说，"我知道以我的身份，炒作能挣到钱，可摇滚呢？你想让我给摇滚抹黑吗？"

"我去！陈老师，你怎么就是听不懂呢？"王烨火烧眉毛似的，"摇滚不摇滚跟咱有什么关系？屁关系都没！别再说什么摇滚了，还什么理想主义、独立思想，现在的人不需要这些，大家在乎的是钱，是地位，是及时行乐，摇滚算什么？您干吗非要执着于这个呢？"

陈默低着头没有说话。

"说白了，您唱什么都无所谓，就像江诗蕾，卡拉OK水平怎么了？人就是愿意花钱买来听，就算鬼哭狼嚎也有人买。为什么？因为你身上有噱头，有炒作的点！陈老师，我说话有些直，您别往心里去。其实，只要把您过去那辉煌稍稍一炒，立马就会有意想不到的效果。"

"对不起，咱就聊到这儿吧。"陈默似笑非笑地说，"别再跟着我了，你应该知道，我脾气不好。"

"陈老师，陈老师！"

望着陈默渐行渐远，王烨只能无奈地喊道，"您想通了，一定打电话给我，我二十四小时开机。陈老师！名片塞您琴包里啦，上面有我电话，您可别忘喽！"

第五章

陈默接到前妻小晴的电话，已经是深夜十二点了。

"喂，陈默，你女儿明天回国，她中午要去找你。"

"是吗？"陈默一脸惊喜，"那太好了……小晴，我有事儿想跟你商量一下。"

"说吧。"

"给小沫的钱，可能要下个月了，妈那边病情恶化，养老院要加收一笔护理费，每年两万，所以……"

"知道了。"

前妻说罢，匆匆挂了电话。关了灯，陈默躺在黑漆漆的屋里，窗外，只有几盏路灯，在远处忽明忽暗。陈默点了支烟，望着惨白的天花板，一口一口地吸着。他伸出左手，摸了摸床边那五千块演出费，确认还在，心里踏实了许多。

脑海里，突然又想起了那个叫王烨的经纪人。想起他的话，陈默心里稍稍有了些动摇。

是啊，我干吗要执着于这些虚头巴脑的东西呢？他想，这个时代真的变了。也许，炒作没什么不好。

不，那是变质！一个声音在提醒他。

什么是变质？有谁会在意你变质了还是没变质？到底有多少人会在意这些无所谓的事情？

我在意。

你在意什么？你难道不在意自己的亲人？炒作只是一种宣传手段而已，你的音乐依旧是你的音乐，摇滚依旧是摇滚呀！

我当然在意。但是，我不能那么做。

别说大话了。什么为了摇滚，什么不在乎钱，通通都是放屁！你就是放不下自己的身段儿，你觉得炒作会抹黑你的形象，不是吗？一个落魄歌手，为什么不能清醒地面对自己呢？你做梦都想重返巅峰，东山再起，不是吗？

不，不是这样的，我不想东山再起，我只希望回到那个摇滚让人们呐喊的年代。

你明明知道回不去的，百分之九十九点九九九的时间你都在提醒自己，摇滚已经冷了，你为什么还要坚持？

因为还有那一刹那，我坚信摇滚会好起来。

别做梦了，醒醒吧，炒作没什么不好，也许通过炒作，你可以看到摇滚在人们心里觉醒的那一天……

内心的纠结与矛盾，在这寂静的黑夜里战斗着，很快，天就亮了，陈默什么都没梦见，因为他根本没睡着。

起床后，陈默坐在床边，点了支烟，又从桌上拿来药瓶，倒出几粒红色药片扔进嘴里，用唾沫咽了。他望着陈小沫在相框里对着他笑，自己也情不自禁地咧开了嘴。想想中午就要和女儿见面了，这真是一年当中再高兴不过的事情。

陈默和女儿约在一家中餐厅见面。十一点刚过，陈默就迫不及待地来到餐厅等候。过了十几分钟，陈小沫穿着一袭蓝裙，姗姗而来。她将长发拢向一侧，目若秋水，粉润的双唇微微一笑，显得出尘脱俗，楚楚可人。但在父亲面前，小女孩的性格立马暴露无遗。

"爸，你怎么又胖了？"陈小沫把老爸的脑袋抱在怀里，"来，快让我亲一口……我都想死你了。"

陈默心花怒放地拍了拍陈小沫后背："好了，快坐下吧，你把唇膏全蹭我脸上啦……"

"爸，你不想我吗？"陈小沫装作埋怨的样子

"我怎么能不想你……快，坐对面让爸好好看看咱家大美女。"

陈小沫卸下樱桃红的双肩包，兴高采烈地坐在陈默对面，双手托着下巴傻笑："怎么样？我变漂亮了吗？"

"事实证明，当老爸在慢慢变丑的过程中，女儿就会越来越漂亮！"

"那你要加油变丑啊爸爸。"

"我一直在努力啊！"

两人笑作一团。陈小沫问："爸爸，你的病好些了吗？"

"都好啦！"陈默取来桌上的菜单递给女儿，"快看看，想吃什么，老爸请客。"

陈小沫看了看菜单，突然想起来什么似的说："哦！对了，我妈托我把这个交给你。"陈小沫从背包里取出一叠厚厚的牛皮

纸信封递给陈默。

"这什么东西？"陈默接过信封，打开封口向里一看，"这是她让你给我的？"

"啊，她让你给奶奶交护理费，听她说是两万块。"陈小沫用右手食指在面前凌空一点，"对了，还有这些……这个信封里是一千块，美元哦，这可是我翻译合同挣的哟！"

"干吗？孝敬爸爸的？"陈默把两个信封往回一推，"你和你妈的心意我领了，但爸爸不能要这些钱。"

"谁孝敬你啊？这是给奶奶的，你就收下吧！你不收我可生气啦！"

看女儿一脸坚决，陈默只好答应："好吧，你的钱爸爸收下，妈妈的你拿回去。替我说声谢谢。"

"不成！"小沫执拗地说，"妈妈说一定要让你收下，否则她不让我回家了。"

"小沫……你妈妈拿这些钱出来，你那个叔叔知道吗？"

"他呀……"小沫得意地说，"自从跟我妈结了婚，他哪敢跟我妈作对呀？这事儿他知道。"

陈默"哦"了一声，这才放下心："我是不想看你妈为难。"

"你别忘了，我妈可是国家级舞蹈演员哎！现在可比你富有。我知道她每个月都跟你催账，其实她不是为了跟你要钱，她就是想听听你的声儿。"

"瞎说！"

"你还不信，我骗你干吗？"陈小沫踌躇满志地说，"还有，我已经给妈妈说了，你们以后不用再给我生活费，我现在可是能独立生存的女神哦！"

“看把你能的！”

“反正以后不需要了！你和妈妈不用再给我汇款，汇了我也不要，记住了？”

“记住了。”

小沫又从背包里取出两本书，摊在手上，“爸，你还记得我小时候，你经常给我讲的那个老人打鱼的故事吗？”

“当然，海明威的《老人与海》。”

“嗯！”小沫笑逐颜开，“上个月我去了古巴的哈瓦那，你看，这是海明威经常光顾的那家酒吧！”小沫从书里抽出几张照片递给陈默。照片里，一身碎花凉裙的小沫坐在一张古铜色的木桌前，大大咧咧地笑着。在她身后的吧台上，几个外国人正在和老板说着什么。

“这家酒吧，好多名人都去过，可热闹啦！一有人弹吉他，送酒女郎就把客人撇在一边，不管不顾地去跳西班牙舞，大家都笑疯了。”

陈默把三张照片浏览了一遍又一遍，爱不释手的样子：“真希望和小沫一起去看看。”

“有机会的！”陈小沫说，“闹不好爸爸去了，给他们唱一首《摇滚的鸡蛋》，得把这帮老外都惊呆呢……这两本书也是送你的。一本是在哈瓦那买的《老人与海》英文纪念版，另一本是我自己翻译的。”

“我们家小沫有出息。”陈默接过一看，英文版的《老人与海》他自然看不懂，但女儿的翻译居然是手写的，这让陈默有点儿吃惊，“这是你手写的？”

“是啊？这可是手稿，爸爸要好好珍藏哦！”见陈默喜上眉梢，小沫接着说，"爸爸，你还记得那个打鱼的老人吗？"

"当然。"

"你觉得他最打动你的地方是哪儿呢？"

"固执，顽强，乐观。"

"连续 84 天一无所获，被所有人嘲笑，依然充满希望，最后运气不错，打到了大鱼，和争抢鱼肉的鲨鱼殊死搏斗，鱼叉被鲨鱼带走，小刀被鲨鱼折断，但他依然战斗。他说一个人可以被消灭，但无法被打败。"小沫抿了抿嘴，"在我看来，这些都不重要。"

陈默好奇地笑了："那什么最重要？"

"我读给你听好吗？"

"好啊！"

小沫拿起书，翻到最后一页念道："在路另一头的棚屋里，老人又睡着了。那个孩子就坐在他旁边，静静地守着他。"

"为什么这一句最重要？"

"因为我希望爸爸能好好睡觉，让小沫静静地守着你。"

陈默的眼眶突然红了："你这孩子，爸爸现在睡觉可好啦！"

"爸爸，你知道海明威，但你知道他是怎么死的吗？"

"好像是自杀？"

"那你知道他为什么要自杀吗？"

"和爸爸一样，他也有抑郁症，只不过比爸爸严重。"

"对，那你知道他为什么有抑郁症吗？"

陈默摇着脑袋。

陈小沫笑着道："因为老人的眼里只有鱼，所以他生活简单，想睡就睡。但在海明威眼里，有太多复杂的东西。所以爸爸，你眼里只有摇滚，那就只管唱好啦。用老人的眼睛去生活，不要用海明威的眼睛去看自己的世界。"

"爸爸大概知道了。"陈默点头道，"谢谢小沫，爸爸不会再想那么多，听小沫的，像老人一样，困了就睡，醒了就去打鱼！"

小沫心满意足地笑着："好啦，我要点菜啦，爸爸，我要吃酸辣海参！在美国天天都想这道菜呢！"

父女二人边吃边聊，内容以小沫的美国生活为主。这个念翻译专业的女孩，一直都是陈默的骄傲。但是，每次面对小沫，陈默又非常惭愧。因为在小沫成长的路上，有大部分时间，父爱是缺失的。

"爸爸，你不打算给我找个阿姨吗？"

"去你的，别拿老爸逗闷子。"

"谁跟你逗闷子啦！"小沫一本正经，"你都奔六的人啦，总不能一直单着吧？"

"快吃吧，你个小东西。"

"爸爸，我想听你唱歌，在美国天天隔着耳机听你唱，心里挺难受的。我要听现场。"

陈默扑哧一笑："这餐厅要乐器没乐器，要设备没设备，怎么给你唱啊？"

"清唱！"

"好。老规矩，我不唱自己的歌，别的随便点。"

小沫眼珠儿四十五度向上一翻："哼！反正你的歌都听腻了，我要听张楚的歌。"

"好啊！"

陈默喝了口水，清了清嗓。

……

这是一个恋爱的季节

空气里都是情侣的味道

孤独的人是可耻的

（陈默轻拍桌面，仿佛打起了鼓点）

这是一个恋爱的季节

大家应该相互微笑

搂搂抱抱这样就好

（小沫轻声附和）

鲜花的爱情是随风飘散

随风飘散随风——飘散

他们并不寻找并不依靠

非常的骄傲

孤独的人

他们想像鲜花一样美丽

一朵骄傲的心

风中飞舞跌落人们脚下

可耻的人

他们反对生命

反对无聊

为了美丽在风中

在人们眼中变得枯萎

……

歌声唱罢，陈小沫轻声鼓起掌："老爸唱歌比年轻的时候更好听了，不，是更有味道啦！"

"你就捧臭脚吧你！"陈默怡然自乐，"我下午去看你奶奶，跟爸爸去吗？"

"我和妈妈约好了，我们明天一起去。"

"好吧，那我先去。"

跟小沫在餐厅门口挥手作别，直到目送小沫消失不见，陈默心里泛着一阵阵暖意。在刚刚过去的一个小时里，陈默说的话，好像比他这一年里说的还要多。手里，是女儿送她的《老人与海》，在阳光下，闪着耀眼的光芒。他把它们轻轻塞进挎包，又确认了一遍，才缓缓向地铁站走去。

养老院院长办公室，陈默交齐了两万块钱，院长在发票上写了几笔，转手递给他："陈先生，你就放心吧，我们一定会全心全意为老人服务。"

"谢谢您。"

从院长室出来，绕过花园，在护理员的陪同下，陈默走进了母亲的寝室。房子不大，但光线充足，老太太坐在轮椅上，窗外温暖的阳光一倾而下，就像在她身上披了层金色的纱。她久久地望着窗外，像是在等人，又像是在等下一班公交车。

"老太太，您儿子来看您啦！"女孩走上前，把轮椅推到床边。

"我儿子？"老太太微微一笑，望着面前的陈默，似乎望着一个陌生人。

陈默跟女孩点头致谢，她便离开了。

"妈，我来了！"

老太太戴起老花镜，一脸不高兴地说："你个老赵，怎么这么坏！不好好修水管，跑这儿来装我儿子。"

陈默在妈妈身边蹲下来，仰脸说："妈，我不是老赵，我是您儿子陈默！"

老太太像孩子似的笑了："老赵，是不是院长叫你过来哄我开心的？"

"你看看我儿子长什么样，你长什么样？"妈妈指着床头柜上的相框，那是1972年，陈默戴着红领巾和妈妈合照的一张黑白照，"装得一点儿都不像。"

陈默看着妈妈的脸眼眶红了，喉结上下动了两下，笑中带泪道："看来又被您识破了。"

"老赵，你找我干吗？"

"我能干吗呀，就想跟您聊聊，逗您开心呗！"

"不会又跟你老婆吵架了吧？"

"没有……哎？您儿子这两天没来看您啊？"

老太太煞有介事地说："来了呀！今儿一早刚来过。"

"哦！您儿子现在怎么样？还在唱歌吗？"

"当然啊，他可是唱歌明星，好多人都知道他。"母亲摘下老花镜，低头用衣角擦着镜片，"我跟他爸虽然不说，但这孩子一直是我们的骄傲。"

"那应该很忙吧？"

"肯定呀，所以那孩子老是心事重重的，他特别在意别人怎么看他。有时候我说他，'你干吗那么在意别人怎么看你呢？做好自己的事情，好好生活，比什么不好？'你不知道，他跟他老婆离婚了，现在一个人，我能不替他着急吗……老赵，你哭什么呀？"

"没有，我眼睛不舒服。老太太，照我说，儿孙自有儿孙福，您管不了那么多，就别瞎操心了。"

"那不成，我就这一个儿子，我不操心谁操心？老赵，你有没有认识的，四十岁左右的，给我儿子介绍介绍呗。我们那儿子，连个饭都不会做，老婆那么好也不珍惜，我那么可爱的小孙女他也不管，我跟他爸都生气。"

"我下来想想，有合适的一定告诉您。"

老太太心满意足地笑了："那你可帮我上点儿心啊！"

"没问题……老太太，您听过儿子唱歌吗？"

"好久都没听了，原来他爸不让我听，我就偷偷听。嗨！现在不知道什么时候，还能再听他给我唱一次。"

"我给您唱呗？"

"你快得了吧老赵，你一修管道的，还会唱歌？"

陈默擦干眼角的泪："我学过。"

就在此时，门外的女孩走了进来，和陈默说起了悄悄话："陈先生，我要给老太太吃药了，她昨天一晚没睡，现在需要休息，要不你明天来吧！"

陈默点了点头，最后又看了眼妈妈，发现她正痴痴地望着床头柜上那张已然褪色的黑白照片："成，那我抽时间再来。"

"谢谢你配合。"

"应该的。"

坐在养老院的石凳上，陈默点了支烟，视线伸出树冠，投向碧空如洗的蓝天。几个老人在房檐下听广播，云淡风轻地聊着什么。一只花猫匆匆跑过，跃上围墙，目光炯炯地望着远处的白云。

"老人的眼里只有鱼，所以，他的生活很简单。"陈默想起女儿的话。

　　"我和他爸虽然不说，但这孩子一直是我们的骄傲……"

　　陈默掏出手机，又从挎包里取出王烨的名片，拨了过去，"喂，我是陈默，咱们聊一聊吧！"

第六章

再一次来到"放克"，陈默心里是忐忑的，但只要想起女儿的话，心里便会放下许多纠结。开场舞刚刚结束，今天的重头戏是说唱歌手庞杰，这个只有二十一岁的年轻小伙，是新晋网红，在网上有不少粉丝。

电子音乐响起时，庞杰开始了沙哑而抑扬顿挫的说唱，那声音仿佛黑天杀猪，悲壮而执拗。坐在角落里的王烨和陈默在一片噪声中喝下了第一杯酒。

"陈老师，您还是想通了！"王烨向后一仰，懒散地靠进柔软的沙发，"我就说嘛，什么理想主义，什么摇滚不息，都是扯淡。发展，发展才是第一要务。"

"咱不聊这个。"陈默冷冷地说。

王烨悠闲地说："什么意思？您找我不就想东山再起吗？"

"不，我只想把摇滚唱下去，唱给更多人听。"

"那不就是东山再起的意思嘛！"

"我知道世界变了，这个时代的人不需要那么多表达，所以摇滚活得很难。但我还是想把它唱下去，这就是我的想法。"

王烨咧嘴一笑，带着些许无奈和不屑："陈老师，你这么说就有点儿文艺了，那本质不就是……想再火一把吗？你要不火，谁听你唱歌呀？"

"你为钱，我为摇滚。"

王烨快速地咂巴着嘴："啧啧啧！陈老师，别玩儿什么不忘初心那种小文艺的东西，这个在电影里演一演，骗骗小孩也就得了，现实生活，谁鸟这东西？"

陈默的声调铿锵有力："我鸟！"

"好好好，咱不讨论这个成吗？"王烨有板有眼地说，"这都是哲学问题，没意思啦！"

"好，那我直说了。"陈默举起酒杯，一饮而尽，"咱们可以合作，你帮我宣传，我只唱歌，别的不管。我可以去地下道唱，但不能用炒作的方式宣传，以后也不能。"

"我没听错吧？"王烨一脸惊讶，"不炒作，我怎么给你宣传？那有用吗？我把你地下道卖唱的视频传上去，然后打个"摇滚歌手地下道献唱"的标题，您觉得有人看吗？你身上有那么多噱头，干吗不炒呢？陈老师，我看你压根儿还是没想通啊！"

"宣传，要实事求是，你可以把我的名字标出来。而且，去地下道卖唱，对我来说，已经是炒作了。"陈默说，"这是我跟你合作的底线，至于炒作私生活之类的事情，我不希望看到。"

王烨沉思良久，很显然，在这段静默的时间里，他的内心发生了许多次博弈："好吧，那咱们试试。"

"每次宣传，怎么宣传，你都要提前让我看看。比如，地下道卖唱，你宣传的标题可以是'摇滚歌手陈默在地下道献唱'，但不能是'落魄的摇滚巨星，如今在地下道卖唱为生'，明白吗？"

　　"好吧。"王烨有些失落，"可是……"

　　"就这样吧，以后表演，我听你安排。至于收入，按照你们经纪人的规矩订个合同，我会签的。"陈默起身说，"想好了联系我，假如你觉得不合适，不合作也无所谓。你就当我今天没来过。"

　　王烨起身堆笑："说句心里话陈老师，像您这样的艺人，我还真没见过。不知道为什么，从那天第一次见您，这心里就有种特怪的感觉，我这么说您别生气……我一方面觉得您有点儿傻，另一方面，又觉得您傻得似乎有点儿道理。"

　　两人相互一笑，这是王烨第一次看到陈默脸上露出了带有温度的微笑。

　　王烨伸手同陈默一握："陈老师，希望咱们合作愉快，也希望在合作中，你能得到你想要的，我也能得到我想要的。"

　　"希望如此。还有，以后别叫陈老师，叫我陈默，或者叫我老哥。"陈默走向出口，回头一挥手，"我等你电话。"

　　回去的路上，陈默回忆了刚刚在酒吧和王烨的谈话，他忽然发现，自己好像正发生着潜移默化的改变，就像春天的树叶，总是在无人知晓的夜晚偷偷变绿。过去，陈默非常恐惧和他人交流，在别人面前，他无疑是少言寡语的人。就算全世界都用哑语交流，他也宁愿一直把双手插在裤兜里。除了和亲人之间的交流，只要能避免的谈话，他一律充耳不闻。

　　但是今天，在这个眼里只有钱的年轻人面前，他居然打开了关闭已久的心扉，这让陈默自己都觉得惊讶。更让他惊讶的是，他居然对一个陌生人微笑了。

回到出租屋，进门看到那三个胖瘦各异的学生，盘腿围坐在客厅地上，中间放着几扎啤酒，还有几只塑料袋，分别盛着凉菜、熟肉和花生米。

大壮见陈默关门便喊道："陈叔，过来喝两杯吧！"

陈默把钥匙揣进裤兜，客气地说："不用了，你们玩儿吧，我去休息了。"

浑身精瘦的猴子起身拽住陈默的袖口："陈叔，狗熊被女朋友甩了，这会儿正戴着绿帽子难受呢，你就陪他喝两口呗。"

望着几个学生明亮的眼睛，陈默忽然想起了三十年前，自己身边那些充满理想的乐手，但又有些不一样。现在的学生眼神里闪耀着更多的是无奈和迷茫，但在那个被称为理想主义的年代，年轻人的眼神里，更多的是愤怒、表达、坚毅和自由。

陈默微微一笑："狗熊失恋了？"

大壮喝得酣畅淋漓："你没见他满脸放绿光啊？"

坐在地上的狗熊举起酒瓶吹干，然后荡气回肠地说："噫吁嚱，危乎高哉！没事儿陈叔，旧的不去新的不来！"

"成，那我陪你们喝几口。"

陈默搬来客厅的椅子，坐在学生们中间，顺手脱了外衣，丢在旁边的沙发上。

大壮一看，满脸震惊："喔！陈叔，你这胳膊上的纹身真好看啊……这是一把吉他，这些鸟是鸽子吧？"

陈默手里捏着酒瓶，看了看自己的纹身说："对，是鸽子，鸽子象征和平，还有自由。"

"什么时候纹的？"猴子凑近脑袋，双目炯炯。

"三十多年前啦。"

"唔！陈叔，那时候纹身，在别人眼里是不是流氓啊？"

陈默哈哈一笑："差不多吧……狗熊，你怎么被女朋友甩的？"

"陈叔，这很正常！"狗熊醉眼惺忪，语速拖沓，"谁都……向往幸福的生活，她找个有车有房的，我……祝福她，我祝她幸福。我无所谓……"狗熊眼泪哗啦哗啦的，小溪一般默默地滑过脸颊。

"来，陈叔陪你喝一个，想哭就哭，别压抑自己。"

两人碰瓶，狗熊大口吹了起来，搞得啤酒沫喷了一脸。

猴子大笑："我去，你慢点儿喝。"

狗熊放下啤酒瓶问道："陈叔，你年轻的时候，姑娘们也喜欢有钱人吗？"

陈默接过大壮递来的烟，点燃吸了一口说："那你还真不知道。我年轻那会儿，姑娘可都是不爱大奔爱歌手。即使再穷的文艺小伙也有姑娘爱。"

"真好，我真想活在那个年代。"狗熊语重心长地说。

"得了吧？就算你活在陈叔那年代，照样没人爱。你看看你，一身糙肉，哪个地方长得文艺啊？"大壮插话道。

"说什么呢？"狗熊用胳膊蹭掉鼻涕和眼泪，大喊："猴子！你他妈把我吉他搬过来，我给你们看看，我他娘有多文艺！"

"得了吧？"猴子嬉皮笑脸地说，"就你那水平，还叫文艺，顶多叫丢人现眼。"

"你搬不搬？"狗熊一脸愤怒。

"给他给他，你给他拿来！"大壮说。

猴子回卧室拿来狗熊的民谣吉他，上面贴满了花里胡哨的贴画，有美少女战士、有哆啦A梦……

"这是……这是我给我女友弹的第一首歌。"狗熊接过吉他，眼睛迷迷瞪瞪地在琴上看了半天，费了好大工夫才摆对手指，按了个G和弦，随后缓缓扫了一下唱道："那片笑声让我想起，我的那些花儿——"

和弦没变，又扫了一下："在我生命每个角落，静静为我开着——"

由于琴声和歌声显得格格不入，猴子咧嘴大笑："妈呀，难怪人家跟你分手呢！"

"怎么了？我这唱得不好听啊？"狗熊一脸丧气。

"你这一唱不要紧，人家姑娘绝望了。"猴子说，"照你这样，我比你更文艺，吉他给我！"

猴子抢过吉他，连和弦都没按，直接一通乱扫，边扫边喊："床前明月光啊，啊疑是地上霜，哎？举头望明月来，我低头思故乡。"

狗熊和大壮冲着他直翻白眼。

陈默笑而不语。

"陈叔，你纹身上有吉他，应该也会弹吧？"大壮转头问道。

陈默点头道："会一点儿。"

猴子连忙把吉他递给陈默："陈叔，快来一首，拯救一下这位失足青年吧！"

"陈叔，你唱一首，我高兴，我吹两瓶！"狗熊跟着起哄道。

"成！"陈默接过吉他，"你们想听什么？我只会唱摇滚。"

"摇滚？好厉害啊！"猴子惊叹道，"您快唱吧！随便什么都成。"

陈默扫了下琴弦，发现声调完全不对，花了半分钟调好琴，

solo 一小段，然后点了点头。三个学生光听这段 solo，便情不自禁地鼓起掌来。陈默闭起眼睛，按下 A9 和弦，然后轻轻一扫。

……

我曾经问个不休

你何时跟我走

可你却总是笑我

一无所有

（扫弦渐强渐快，三个小孩出神地望着陈默，在那浑厚高亢的嗓音里，这明亮的房子仿佛越来越小，似乎到了难以承载这些音符的地步。三个人仿佛看到了天空、草原和沙漠。）

我要给你我的追求

还有我的自由

可你却总是笑我

一无所有

哦——你何时跟我走

（孩子们随声合唱起来）

哦——你何时跟我走

（扫弦再次加重，几乎就在琴弦绷断的边缘。假如说，陈默刚刚的嗓音还显得辽阔苍凉，那现在，他开始了聚力而炙热地吼唱。）

脚下的地在走

身边的水在流

可你却总是笑我

一无所有

（陈默的嗓音开始撕裂起来）

为何你总笑个没够

为何我总要追求

难道在你面前

我永远是一无所有

哦——你何时跟我走

（狗熊似乎不再悲伤，他在陈默的歌声里渐渐变得激动、躁动、狂动，他脱下短袖，露出肥硕的肚子，拿起啤酒，一边喝，一边随着陈默的歌声，愤怒地吼叫着。）

哦——你何时跟我走

哦——你何时跟我走

……

夜里，陈默躺在床上，望着女儿送他的书，眼皮不禁沉重起来，四肢就像被水草缓缓缠绕，这是许久都没有的困倦。对于长期失眠的陈默来说，这是件不可思议的事情。他睡着了，而且做了一个很甜很甜的梦。

第二天醒来，晨曦像金色的粉末铺了满床。陈默觉得神清气爽，他竟然干劲儿十足地把房子里里外外打扫得干干净净。坐在客厅喝茶的空当儿，他接到了王烨的电话："老哥，地方我选好了，咱在三里屯附近一地下道唱，最好是夜里十点多，冷清些，比较容易激发观众的同情心。"

"干吗要冷清？我是去唱摇滚的，又不是去装怂的！"

"……我想想啊，要不然咱八点多开始，那会儿的人不多也不少。"

"可以。"

"需要乐队吗？"

"不需要，我一人就成，你给我弄一台充电的便携音响，还有麦克风。"

"没问题，到时候我叫两个摄像过去，咱们提前半小时到，让他们布一下景。"

"有这必要吗？你不用那么刻意，随便拿手机录一录不就完了？"

"那不成，手机效果特差！传网上都是马赛克，人还以为这干吗呢？"

"那你用摄像机啊？"

王烨长叹一声："好吧，我带个 DV 过去……老哥，往后你叫我小烨就行，大名儿显生分。"

"好，那就麻烦你了小烨。"

"什么麻烦不麻烦的。"王烨嘿嘿一笑，"那咱今儿下午五点，北京饭店门口见，我先请您搓一顿。"

"不用了。"

"您不赏脸？好歹我是您经纪人啊！"

"好吧，吃烤鸭。"

"得嘞。"

下午三点半，陈默戴起墨镜，背上吉他，在出租屋附近乘四号线到西单，又换乘一号线到王府井。抵达北京饭店门口，正好五点差一刻。等了五分钟，只见满头大汗的王烨跑了过来："哎哟，早知道不开车啦，差点儿给我活生生堵死！"

"你们这年轻人，开什么车？身子全开废了。天气好的时候，多骑自行车吧！"

"我琢磨今儿有雾霾呢，坐车里不是安全嘛！"王烨挥汗如雨，"没想是大晴天，还这么热……来老哥，我给你背吉他。"

就这样，一老一少两个人，穿过王府井人山人海的街头，眼前到处是形色各异的外国人和逛完故宫的旅游团。这些五湖四海的人们，操着天南地北的口音，络绎不绝地拍照砍价上厕所，面带兴奋，又有些疲惫。

两人有说有笑地走进全聚德，坐在明亮的大厅里，点了只烤鸭和两个素菜。几分钟后，美味上桌，二人风卷残云，茶过三盏，陈默问道："你那艺人出轨了？"

王烨嘴里还嚼着米饭："这你都知道了。"

"我上网查的，那小姑娘看着挺清纯，怎么就出轨了？"

王烨面带失落，长叹一声："唉！不说这个，一说我就难受。"

"那你作为经纪人，现在是什么情况？"

"我还能什么情况？辞职了呗。要不然我哪有时间跟您混啊……"王烨觉得这句话有些不大对劲儿，连忙赔笑，"老哥，您别生气，我没那意思啊！"

"我知道。那女孩挺红，钱也来得快嘛！"

"这您还真说对了，别的不提，光出去剪个彩、站个台，少说就要一百万。"

"现在明星真厉害。"

王烨放下筷子，双臂搭在桌上："哎？老哥，其实我挺纳闷儿啊，你说像你这范儿的明星，过去也那么辉煌，怎么能落魄……"王烨话到嘴边才觉得不妥，于是咧嘴一笑，"怎么就流落风尘了呢？"

陈默淡淡地说："落魄就落魄，什么叫流落风尘，又不是进青楼了。我们那年代，大家唱歌就为唱歌，谁也不知道怎么挣钱。我记得那时候开演唱会，门票贵点也就几块钱。后来，香港那几家唱片公司进来，开始搞签约……你可能也知道，他们只在乎歌曲是谁创作的，是谁唱的，并不在意乐队里那些一起玩音乐的人。

"所以唱片公司说，他们只签我。跟我一起玩音乐的那些人，他们不管。这事儿非常糟糕。你想想，这么一来，我们还怎么玩儿？他们除了表演费，基本没别的收入。自从我签约之后，虽然大家不怎么提这事儿，该表演表演，该排练排练，但我能感觉出来，其实已经没原来那么自然了。"

王烨听得神游物外。

"后来乐队就不断走人，唱片虽然出，但做得都很水。摇滚这东西，凝聚力特重要，假如乐手之间，没长时间的磨合，做出来的音乐，就是散的。"

王烨问："散的？什么意思？"

"好的摇滚乐，肯定是乐队每个人的意念叠加，发生共振，向着一个方向冲击，所以有力量。打个比方，假如领奏吉他和鼓手之间磨合不到位，没有共同的音乐认知，那做出来的音乐，听上去就很怪，像两匹马，一个往东一个往西，你说马车能走吗？

"这样一来，核是散的，就没那么硬。而摇滚乐的天性就是硬，缺这个，做不出好音乐。后来到九十年代末，忽然一夜之间，MP3来了。这对于唱片业来说，简直是灭顶之灾。一方面，乐手流动太大，好音乐做不出来；另一方面，即使做出来，搞成唱片，也基本卖不出去。

"后来经济发展，社会变革，生活节奏越来越快，如你所说，人们都忙着挣钱，音乐无时无刻都在发挥它的娱乐作用，摇滚乐的那种表达方式，就变得与时代格格不入了……

"你说得对，摇滚乐的没落是自然现象，是潮流，你无法左右人们的追求，你只能左右自己的追求。中国摇滚的黄金年代，物质相对匮乏，我们都没挣到钱。现在经济发展了，我们也挣不到钱了，所以，就成了现在落魄的样子。"

陈默讲完，冷笑着拿起茶杯，一饮而尽。

王烨无可奈何地感叹道："那你后来怎么不写歌了？"

"看着摇滚一天不如一天，我把自己关在房子里一边写歌，一边使劲儿想，怎么能让摇滚再活过来？结果我发现，我越是想这事儿，越是写不出歌。后来我离婚了，再后来……我就抑郁了。"

"我看你今天晚上要唱的歌，都是别人的歌，你为什么不唱自己的歌？"

陈默望着窗外人来人往，一时无话可说。

"老哥！哎！老哥？我说话你听见了吗？"

陈默应声一笑："自己的歌不好听。"

"谁说的？"王烨掏出手机，点开播放器，"这《摇滚的鸡蛋》多好听啊？"

王烨点开播放，陈默一把抢过手机，按下停止，然后将手机扔在桌上："喝茶。"

见陈默有些怒意，王烨只好作罢："成，唱谁的歌无所谓，反正都是摇滚乐嘛！"

第七章

　　黄昏在天边弥漫开来，不到半小时，浓浓的夜色渐渐洗去了晚霞。被炙烤一天的柏油马路，在凉风中，散发着最后的余热。

　　比起路上，此刻的地下道要清凉许多。既然卖唱，就要有卖唱的样子。王烨叫来两个帮手，为陈默支起摊子。他们把麦克风和电吉他接在音响上，然后调试一番，这种广场舞大妈必备的音响，虽然音质差，但力道十足，在地下道中，会以可怕的分贝数传播出去。几公里之内的人都能听见。

　　在陈默脚下，还摆着一只空鱼缸，王烨说，这才有卖唱的样子。

　　地下道里，原本有个卖唱的民谣歌手，看陈默拿出电吉他的那一刻，他默默地卷起铺盖离开了。

　　晚八点整，表演准时开始。陈默把墨镜挂在脑后，穿着印有闪电 logo 的短袖，手臂的纹身在肌肉鼓动间异常鲜活，尤其那几只鸽子，蠢蠢欲飞。一段刺破长空的电吉他 solo 吸引了众人围观，王烨捧着 DV，站在对面不远处大声叫好。

随着人流不断汇集，陈默开始了技惊四座的吉他秀。他的手指宛如幻影一般在琴面上飞闪，每一次推弦揉弦，干脆而有力道。从低品到高品快速滑弦让声调扶摇直上，然后在高音处上下推弦，制造了摇曳心神的起伏感，每个人的心，就像被巨浪高高掀起的轮船，跌入浪谷，又很快被再次掀起。

围观的人越来越多，眼看就要把地下道堵得水泄不通。陈默见状便对着麦克风喊道："请后面的女士先生往两边让让，给过往的行人留个方便。"

下一刻，陈默开始了一段快节奏的泛音演奏，许多人掏出手机录了起来，面前的闪光灯此起彼伏，摇曳不定，照得陈默一时睁不开眼。一些人开始走向鱼缸，扔钱的观众也络绎不绝。

看到如此劲爆的场面，王烨不得不佩服摇滚乐在此时此刻的号召力。不过话说回来，在这十几年里，如此专业的乐手在城市地下道演出，的确是难得一见。关于地下道的印象，在王烨脑海中是既定的：一条水泥通道，若干灯光，一些摆摊小贩，还有三五文艺青年。

泛音演奏在一声切弦中停止，观众们情不自禁地鼓起掌来。有些人甚至呐喊、尖叫，这非常符合摇滚现场的气氛。陈默眉眼低垂，抡起右臂，在琴弦上重重扫下，随之而来的是一串快节奏扫弦，所有人都再次尖叫起来。

陈默对着麦克风大喊："无地自容——"

……

人潮人海中

有你有我

相遇相识相互折磨

人潮人海中

是你是我

装作正派面带笑容

（一时间，至少三四十人合唱起来，那恐怖的回声不但叫人震颤，更令人热血沸腾。即使有人不记得歌词，也会情不自禁地跟着旋律一起吼唱。王烨似乎用镜头捕捉到了人类的野性，它深埋在每个人的基因里，本已被文明麻醉，却在此时被摇滚全部唤醒，得以复苏。）

……

不必过分多说

自己清楚

你我到底想要做些什么

不必在乎许多

更不必难过

终有一天你会明白我

（陈默的嗓音开始疯狂地撕裂，而此刻的地下道已被挤得无处转身，王烨仿佛能看到头顶上燃起了无边无际的火焰。闪光灯一刻都没有停歇，大合唱的声音几乎要撑爆整个地下道。这里仿佛变成了一只盒子——"北京摇滚盒"。）

……

人潮人海中，又看到你

一样迷人

一样美丽

慢慢地放松，慢慢地抛弃

同样仍是并不在意

不必过分多说

自己清楚

你我到底想要做些什么

不必在乎许多

更不必难过

终究有一天你会明白我

……

（陈默将声调拉到了人们几近窒息的位置，就连那些一本正经、故作镇定的上班族也疯狂了。有的人甚至摘下领带，举过头顶挥舞起来。人群开始出现了前呼后拥的情况，两面出口也挤满了黑压压的人，王烨开始担心起来，因为现场快要进入失控的局面了。）

……

不再相信，相信什么道理

人们已是如此冷漠

不再回忆，回忆什么过去

现在不是从前的我

（陈默双目微合，他微胖的面容竟在摇滚中显出了九分冷酷和八分帅气。王烨心想，假如三十年前，自己曾有幸看过陈默的演唱会，说不定自己会永远崇拜这位摇滚巨星。王烨不难想象，这个早就过气的摇滚大叔，肯定迷倒过无数少女。那时的辉煌，今天在地下道，王烨依稀可见。）

曾感到过寂寞（吉他慢了下来）

也曾被别人冷落

却从未有感觉

我无地自容

（陈默心碎般撕扯的嗓音将音调拉长，人们的反应是，疯魔！吉他再次燥热起来，前几排的人们跟随节奏，开始了激烈地跳动，和迪厅那些伴着电子乐蹦迪的年轻人相比，这里的观众更加疯狂。）

就在此时，王烨隐隐听到了若有若无的警笛声。他连忙冲向陈默："行了行了，咱们赶紧走，警察来了！"陈默还没回神，王烨便从他身上取下吉他，装进琴包，那两个帮手也快速收拾摊子。

王烨对人群喊道："大家快走，警察来了！散了散了！"

"警察来了，咱们干吗要跑啊？"陈默问道。

"老哥，你连这都不知道？这算聚众！很麻烦的！赶紧走。"

总算挤出人群，四个人跑进地下道附近的一个小区，两个帮手把一堆东西塞进王烨的汽车，打了招呼便离开了。陈默坐在副驾驶上，点了支烟静静地抽着。王烨坐在驾驶位冷静了一下，擦干脑门儿的汗，长长吸了口气说："今天太火爆了，完全失控了。"他转身从后座取来鱼缸，打开车顶灯看了看，"我去，这不少挣啊，还有五十元大钞呢，你看！"

"估计比我在酒吧挣得多。"

王烨一脸激动，将鱼缸放回后座，关了顶灯："说句心里话，我也看过不少明星演唱会，从来都没今天这种感觉。"

"什么感觉？"

"我去，太激动了，我的小心脏啊，你看，你看啊！"王烨把拳头塞进短袖，在心脏附近往外一推一堆地说，"看来我过去有认识上的错误，以为摇滚就是瞎喊，今天才觉得，摇滚真有魅力。"

"谢谢。"

"看来摇滚乐真得听现场。"

陈默把烟灰弹在窗外："当然，你旁边那么多人一起疯，感觉肯定不一样。"

"反正你今天帅爆了，我这个经纪人，为你感到骄傲！"

"录得怎么样？"陈默问，"录全了吗？"

"当然，连咱们逃跑都录了，回去还得剪辑呢。"王烨在陈默吐出的烟雾里轻咳两声，"要是不出所料，现在已经有很多人把你唱歌的视频传上网了。"

"你怎么不抽烟？"陈默打量了王烨几眼。

"我不会。"

"那怎么行？来，抽一根。"

"抽就抽，反正我心里还躁着呢！"王烨接过烟盒，取了一根点燃，轻轻吸了一口，和那些新手一样，被呛得眼泪直流，"我去，这东西真难抽！"

陈默哈哈大笑："行了，扔了吧，逗你玩呢！"

假如王烨没记错的话，这是陈默第一次在他面前放声大笑，看来这个表面冷酷的大叔，确实有一些深藏的炙热，只是被生活久久地压抑了。

"你知道今天这情景，让我想起什么了吗？"陈默又点了一支，烟头在黑暗中忽明忽暗。

"什么呀？"王烨的眼睛让烟迷得睁不开，却还得装模作样地吸着。

陈默望着车窗外直耸入云的大厦和天边妖娆的霓虹，长叹道：

"我想起了 1987 年初秋，自己在首体的那场演唱会。"

"1987 年，我才五岁。"王烨说，"那场演唱会怎么样？估计迷倒了无数少女吧？"

"说心里话，你知道我年轻的时候，为什么要唱摇滚吗？"

"把妹呀！"

"还是男人了解男人。"陈默瘪嘴点头，一副相当认可的样子，"那时候姑娘真好看，当然，我不是说现在姑娘不好看啊！我是说那时候的姑娘，眼睛里总有种光，假如在春天，在阳光明媚的时候，她们的眼睛就特别动人，比宝石还好看。她看你一眼那感觉，就像能多活十年。她要一直看着你，你就能长生不老，跟宇宙同归于尽。亿万年后，另一个宇宙的人到咱宇宙一看，都是残骸，唯一发现的东西是电磁信息。丫们一分析，一复原，是一个姑娘的眼神！太好看了。"

"你这也太夸张了。"

"绝对不夸张，我形容得还不到位呢。你不觉得这世上最美的东西，就是春天里，姑娘们迷茫的眼睛吗？那时候唱歌，就是为了让她们看着我，让我长生不老，最后和宇宙同归于尽。"

"很显然，你失败了。"

"幸好我失败了，不然你们还怎么活啊？"陈默笑道，"我发现这几天不吃药，不喝醉，也能睡着了。"

"你的抑郁症还没好啊？"

陈默兀自摇头："我的抑郁症虽然不严重，但这东西像幽灵似的，死缠烂打，没办法药到病除。真心说，今天跟你说的话，比我过去几年说得还多。"

"希望能保持下去……"

听陈默这么说，王烨的心里其实是震惊的。今天，陈默对他说的话，还不及江诗蕾半个小时啰唆得多，但陈默居然用"过去几年"这样的长度来衡量，可想而知，他这些年过得是多么的冷僻和孤独。

"老哥，你今晚收入不菲啊？打算怎么嚣张一下？"

"回家睡觉。"

"好，我赞同。"

第二天一早，窗外下起了牛毛细雨，大地一片阴沉。天边的乌云和摇晃的树叶，电线上的麻雀和来往的车辆，都像蒙上了一层薄纱，打伞的路人偶尔经过楼下，放眼望去，宛如印象派油画。

九点左右，门外传来了连续而持久的敲门声。学生们都去上班了，这个点儿会是谁呢？陈默边想边去开门，一看，面前赫然出现了两个警察，一男一女，他们向陈默客气地敬礼。

"您是陈默陈先生吗？"男警问道。

"我是陈默。"

"陈先生你好，我们是附近派出所的，有事要跟您说一下。"男警察个儿不高，但非常壮硕，他一边抖落伞上的雨水一边说。

女警笑得很甜："我们能进去吗？"

"当然。"陈默欠身让二人进门。

男警把伞立在门口说："对不起，我们可能会踩脏您家地板。"

"没关系，这边请。"

两个警察在客厅的沙发上落座，女警从上衣口袋掏出一本巴掌大的黑色记事簿，等陈默在对面的椅子上落座后，男警开口问道："陈先生，是这样，您昨天晚上八点左右，是不是在三里屯附近的地下道卖唱了？"

陈默这才明白，自己可能是闯了祸："是啊，唱了一首就离开了？我没犯罪吧？"

女警笑逐颜开："不至于，您别紧张。"

男警接着说："没您想得那么严重，只不过对于您这样的明星，我们希望，您还是不要随便到公众场合演出，否则像昨天那种情况，我们真的非常麻烦。"

陈默一本正经地点头道："知道了，下次不会了……哎呀，我给你们倒杯水吧，这一紧张，什么都忘了。"

男警摘下帽子笑道："别别别，我们不喝，您别忙了。昨天那种情况，您应该能预料到吧？"

"我还真没想到会变成那样子。"

女警跷着二郎腿，把记事簿搭在膝盖上说："视频我们都看了，感觉比演唱会还过瘾呢！"

"不好意思，给大家添麻烦了。"

男警说："没关系，您下回注意。"

"得嘞。"

女警从兜里掏出一盒磁带，那是陈默第四张专辑《开天》，只见女警莞尔一笑："陈老师，您能给我签个名吗？我妈特喜欢你，我从小也听您的歌，后来我当上警察，我爸说这就是从小听摇滚的下场。"

三人笑作一团，陈默接过磁带和笔，签名后递回女警。

女警满脸欢欣地说："陈老师，我能跟您合张照吗？"

"没问题。"

男警接过女警的手机，给他们两人拍了好几张，之后满脸堆笑着说："陈老师，要不咱仨一起合个影呗？我也特喜欢您的歌。"

"好啊！那怎么照呢？要不叫个邻居？"

"不用！"男警从上衣口袋摸出一根塑料棒，"我带自拍杆啦！"

送走了警察，没多久便接到王烨的电话："老哥，您住这地方在哪儿啊？我怎么找不着啊？"

陈默透过窗户一看："我都看见你的车啦，往上看！我跟你挥手呢！"

"哦！看到了。"

王烨一进门就前前后后打量了好几遍陈默租住的房子："老哥，你就住这种房子呀？要么说情怀得饿死人呢！"

"这房子不错啊，至少我能在这儿睡个好觉。"

王烨坐进客厅沙发："那就好。"

陈默沏了两杯茶放在茶几上，与王烨并排坐下："视频怎么样？"

"火啦！"王烨掏出手机，"你看，都上热门话题了，摇滚巨星陈默在地下道惊艳开唱……哎，我先说明啊，这可不是我炒作的，有网友认出你啦！"

"只要不是你炒作的，我可以接受。"

"不过，网上也有人批你，你看，落魄歌手在地下道卖唱，是炒作还是阴谋？一个曾红极一时的摇滚歌手，昨日竟在地下道卖唱，可谓噱头十足。现场一度出现观众情绪失控的情况，造成了不可忽视的公共安全隐患，我们不禁要问，这种炒作方式，真的好吗？"

"这位摇滚歌手，不仅成功吸引了大众眼球，还让不少文艺青年触景生情，纷纷在网上歌颂那段辉煌的摇滚年代。但这种跳梁小丑的炒作形式，近年来屡见不鲜。如何引导大众正确合理地消费艺术，欣赏艺术，是全社会都应深思的现实问题。"

王烨滑动手机屏幕："这是撰文骂你的，还有一些评论特毒，你看啊，想钱想疯了，都想到地下道了，能不能给手机贴膜的留条活路？时间会证明，他就是一个丢人现眼的老男人。大家散了吧，丑人多作怪。"

陈默望着窗外的细雨轻打绿叶，王烨的声音在渐渐弱化，他好像听到了女儿弹奏的钢琴曲，也想起了过去的辉煌岁月。

"……很烦这种炒作的套路，求大叔放过我们吧！摇滚乐已死，别打着摇滚的旗号在那儿装文艺。这老男人不抑郁了？视频里观众都是托儿吧？表演不输奥斯卡。出轨看多了，换个口味，来看看赤裸裸的炒作。老头儿，该去领低保了……老哥，老哥！你怎么了？"

听到王烨叫自己，陈默这才回过神："啊，没事。"

"网上什么人都有，你不必在意。原来江诗蕾发张吃羊蝎子的照片，都有人说她炒作打广告。"

"这是好事，表达是一种权利嘛，过去的年轻人用摇滚表达自己的态度，现在用网络，是一样的。"

"绝对不一样。"王烨不屑一笑，"现在有些人，压根儿就是网怒症，见什么都得骂两句，自己那点儿事都弄不清，还成天在网上跟人较劲儿，我很难理解。"

"正常，你不可能让所有人都去理解你。"

王烨举起面前的茶杯啜了一口："我还有个好消息。"

"说吧。"

"今儿一早接了个电话，是菠萝音乐节的主办方，邀请你参加这月底在杭州举办的菠萝音乐节。"

"菠萝音乐节？"陈默淡淡一笑，"这名字真土啊！"

"别管人名字土不土，人家这音乐节传播力特强。我问了几个业内人士，都说不错，去的全是大腕，能在这音乐节上抛头露脸，那绝对是千载难逢的机会。"

"成，听你安排。"

王烨撩起袖子，看了看手表："那你跟我走吧，人家主办方和那些明星有个局，请你一起过去。"

"干吗去？"

"吃饭啊！顺便，我再跟他们谈谈演出费。"

第八章

　　这是丰台区一家豪华酒店，陈默和王烨在停车场下车，向酒店大门走去。王烨远远看见主办方经理站在门口迎宾。这个四十岁上下的男人，面色蜡黄，一脸小心翼翼，同别人握手时，总赔着热情过度的笑容。

　　见王烨走来，经理赶忙上前握手："王总好王总好……这位就是摇滚巨星陈默老师吧？"经理毕恭毕敬地握住陈默的手，"我太喜欢你了，你的歌我都听过。"

　　陈默客气回话："谢谢。"

　　"经理，您最喜欢陈默哪首歌啊？"王烨逗趣地问。

　　"都喜欢，都喜欢。"

　　"最喜欢哪首嘛！"

　　经理咂巴着嘴，沉思片刻："哎呀，好多年没听了，有些想不起来！应该是那首《蓝莲花》吧？"

陈默仍保持着礼貌的微笑："谢谢你。"

王烨眼珠向上一瞥，又看了看陈默的表情："好了经理，陈董在几楼啊？那些明星都到了吗？"

"在三楼豪包，基本都到了，您和陈老师请吧。"

在门迎小姐带领下，两人乘电梯到三楼，绕过一段宽阔的走廊，在一扇金碧辉煌的双开门前驻足。门迎小姐推开大门，躬身请他们进去。

陈默的视野顿时开阔，五米高的天花板上，巨大的水晶灯垂着数以千计的水晶球。灯下的圆桌上，坐着将近二十号人，其中几位，是当今乐坛炙手可热的明星。

"哎呀！陈老师终于来了。"一个面相清瘦、西装革履的中年男人迎面走来，和陈默热情地握手，"我可等您半天啦！"

王烨向陈默介绍："这位就是主办方公司董事长陈董。"

"陈董，你好。"

"陈老师，咱可是本家呀！"陈董爽声大笑，牵着陈默向圆桌走去："来来来，快请上座。"

圆桌后方，有一块巨大的电子屏幕，菠萝音乐节的各种宣传海报在上面反复播放。屏幕周围站着几个身穿旗袍的女孩，盈盈笑着。陈默和王烨的座位和陈董相邻，此刻，他们站在座椅前，背对电子屏幕，陈董对众人介绍："各位，这就是摇滚巨星陈默，你们搞摇滚的应该听过。"

陈默抱拳作揖："诸位好，我是陈默，初次见面，幸会。"

众人纷纷起立，向这位乐坛前辈表示了自己的敬意。

"既然大家都站起来了，那咱们举杯吧，来来来，预祝第十一届菠萝音乐节圆满成功！"

陈默对红酒一直不感兴趣，所以小小地抿了一口。众人入座，刺头乐队的男主唱艾克指着王烨说："哎？你不是江诗蕾的经纪人吗？咱们见过啊！"

刺头乐队是近年来乐坛不可小觑的一股音乐力量，他们唱风多变，在摇滚里融入了许多新鲜元素，主唱艾克富有激情的硬核嗓更是深受年轻人喜爱。

"哎哟喂，您还记着呢，我差点儿都忘了。从那儿辞职都几年前的事儿啦！"王烨敷衍道。

"哦……"艾克点点头，脑袋后的马尾辫随势轻摆。"听说江诗蕾出轨了，骂的人还不少呢！平时装得挺清纯，真是没想到啊！"

众人随之一笑。

王烨说："没关系，才出了一次嘛，比那些乱搞男女关系的人强多啦！"

作为一名老经纪人，娱乐圈的八卦，王烨心知肚明。刺头乐队之所以红透半边天，不单单是因为他们的音乐风格独树一帜，和音乐风格一脉相承的，还有主唱艾克的恋情，他是乐坛出名的双性恋，今天和女人去酒店，明天和男人去别墅。当然，圈子里的人都明白，这是刺头乐队的"话题箱"，只要艾克一有动作，刺头乐队立马能登上热门话题榜。所以他们的吸金能力，绝对是当今乐坛数一数二的。年轻人喜欢刺头，喜欢艾克，很大程度上是因为他们那与众不同的行事风格。

王烨这句话，很显然把矛头直指艾克，但艾克毫不在意，反倒大笑起来："哎呀，一个纯情女演员的经纪人，现在跟着我们的摇滚老前辈跑江湖……哎？昨天在地下道挣了多少？有你的分成吗？"

王烨一怒，准备起身，被陈默一把按住："我唱了几十年摇滚，运气不错，一直在台上唱，还从没去地下道唱过。昨天喝了酒，性子一来就去了，让大家见笑了。"

陈董觉得气氛不对，于是鼓掌大笑："老哥，你昨天那表演太精彩了，我看了十多遍！记得当年自己年轻的时候，为了追姑娘可没少唱陈老师的歌。"

"我爸也是陈老师的铁杆儿。"说话的女孩，是最近火到掉渣儿的民谣歌手白薇。

"谢谢。"

"陈老师，您今天来了，有个事我得告诉您。"陈董一本正经地说，"因为您是第一次受邀参加我们音乐节，有些事儿，您可能不明白，王总也可能只是一知半解。我们音乐节，歌手们唱的歌，大多是自己的原创。当然，不是不能唱别人的歌，您应该知道，唱别人的歌，我们是要给创作者掏费用的。其实对于您，唱自己的歌应该没问题吧？我就特想听陈老师唱那首《摇滚的鸡蛋》。"

陈默单手捏着桌上的高脚杯，沉思片刻后说："陈董，我不唱自己的歌。"

"为什么呀？"

"不唱就是不唱，对不起。"

见陈默没了表情，语调又铿锵有力，陈董也不好强求，连忙用笑声化解了尴尬："没关系没关系，唱别人的歌也好，就像昨天那首《无地自容》，太棒了……来来来，大家吃，这凉菜也不能放太久。"

席间，陈默没怎么吃，在陈老板的客气下，才勉强动了几筷子。其他明星都是菠萝音乐节的常客，他们彼此熟悉，有说有笑，端着红酒来回跑，很快在桌子旁玩开了。陈默对陈老板说："失陪一下，我去接个电话。"

走出宴会厅，陈默顺着头顶的指示牌走进卫生间。站在洗手池的镜子前，陈默点了支烟，深深吸了一口，仿佛把全世界都吸了进来。脑海里，不禁又闪过1987年的画面。那是很难再登上的巅峰，也是没落的他不敢再面对的辉煌。

就在此时，陈默听到厕所格挡里有两个人在聊天儿。

"什么东西！一个破老头儿还耍大牌儿，这种场合，连点儿眼力见儿都没。"

"也不知道陈老板怎么想的，居然请个过气这么久的老家伙来音乐节。"

"估计没几个年轻人听，闹不好还得扔鞋！"

"你说这老东西落魄这么久了，咋还一副高高在上的样子啊？这陈老板也是狠角色，在他面前居然还赔笑呢！"

"这大叔估计有背景，再说，人家再落魄，也是老资格。"

"看着就恶心，端架子，倚老卖老。"

"你还别说，他们那代人，就喜欢端架子，都觉得自己特牛逼，总那副不可一世的臭德行。"

"算了算了，跟咱也没关系，反正又不同台演出。"

"我呸！我得多倒霉才跟他同台演出啊？"

"好了吗？"

"好了，回去吧！"

陈默连忙把烟头掐在水池里，转身躲开了。

回到宴会厅，王烨居然已经跟陈老板勾肩搭背地喝了起来，这让陈默不得不佩服这小子的公关能力。

陈默坐回原位，两分钟后，刺头乐队的两个乐手也跟了进来。

陈默端起酒杯说道："大家静静，虽然我是这儿年纪最大的歌手，但在菠萝音乐节，我是新人。现在，我想认识认识大家，请诸位以后多多关照。"

王烨对陈默说："走，我陪你挨个儿认识。"

在王烨陪同下，陈默走到刺头乐队四人面前："这几位是刺头乐队的成员，这位叫艾克，是他们主唱。"

"艾克，你好。"陈默和艾克碰杯。

"陈老师，我小时候也听您的歌，我出道那会儿还经常模仿您呢！"

陈默开怀大笑："谢谢谢谢……你介绍一下这几位吧。"

艾克挥手一一介绍："这是我们鼓手小战，这是领奏吉他喜子，这是贝斯小林。"

"你们好。"陈默盯上了刚刚在卫生间说话的喜子和小林，"贝斯小林，吉他喜子，一看就是高手啊，王烨，你看这喜子的波浪头，小林这撮绿毛也好看。"

喜子说："谢谢陈老师夸奖。"

小林说："我们都喜欢陈老师，是不是？来陈老师，咱们喝一个。"

陈默和喜子、小林碰杯说："干了啊！"

喜子小林一饮而尽，见陈默只抿了一口，喜子眉头一皱："哎？陈老师，说好干了，您这养金鱼呢？这叫干了吗？"

"晚辈跟长辈喝酒，你见过长辈喝干的吗？"陈默冷冷地说。

两人听陈默这么一说，顿时没了脾气。陈默又笑道："开玩笑，开玩笑，你们别生气。王烨，给两个小兄弟倒满，这次咱们一饮而尽。你们喝两个，祝你们好事成双。"

小林笑说："谢谢陈老师。"

酒满后，三人再次碰杯，小林、喜子又一饮而尽，陈默仍是抿了一口，两人一看，一脸的懵。艾克跟其他人也瞠目结舌。

喜子大声道："陈老师，你这几个意思？"

"让你们喝两个，你们觉得什么意思？"

小林说："陈老师，您有点儿过了。"

"你个老东西，活腻了吧？"喜子吼道，"信不信我折了你！"

陈默把酒杯扔在地上，刚迈出一步，就被王烨拉住："老哥，您别乱动，跟我回座，经纪人给你解决。"

几个小年轻表现出了有事不怕事的行事风格，站在原地说着不痛不痒的风凉话。陈默只字不语，八风不动，在王烨劝返途中，趁机从桌上抄起个金银馒头砸了过去，由于视线迷离，正好砸在艾克脸上。陈老板和众人全都上前劝和，在一片吵吵闹闹之后，好歹才让场面冷静下来。陈默坐回原位，不管不顾地点了支烟。见刺头那边个个凶神恶煞，王烨端着酒杯起身道："我老哥架子大，实在对不住各位，我先自罚一杯。"

陈默抬头问："你这是干吗？"

王烨神秘兮兮地给陈默挤了下眼睛。

王烨喝干，又倒满，擎着酒杯徐徐向喜子走去，道："对不住了喜子哥，您千万别生气。来，我先干为敬。"王烨咧嘴一笑，再饮一杯，转而举起酒瓶倒满，然后一手酒瓶一手酒杯，不深不浅地笑道："跟喜子哥再碰一个，您别往心里去啊！"

喜子觉得王烨算是给足了面儿，这才就坡下驴，讪讪一笑。他端起酒杯，站在王烨面前，不阴不阳地说："我们也有错，你安慰一下陈老师，年纪大了，玻璃心。"

两人相对一笑，似乎把盏释怀，见喜子喝起来，王烨翻手便把杯里的酒泼了喜子一脸，然后厉声喝道："你算个什么东西？"

说时迟那时快，话音未落，王烨举起右手红酒瓶，顺手就拍在喜子头上，只听"嘭"的一声，登时开了瓢。

众人一时看傻了眼，全场陷入一片死寂，直到喜子倒地，恶狠狠地喊道："王烨，我他妈弄死你！"大家这才晃过神儿。刺头乐队的小林扑上来，一拳砸在王烨脸上。这个小林可不比尖嘴猴腮的喜子，他身材高大，形如铁塔，胳膊上的腱子肉青筋爆胀，虬结细密，一拳打得王烨身似陀螺，趴倒在桌。王烨倒是镇定自若，捏起那一摞卷烤鸭的薄饼重重拍了小林一脸，又趁机补了一脚。

场面顿时鸡飞狗跳，陈默拎起酒瓶，被旁边的歌手连忙拦下。劝架的越劝越忙，陈老板赶忙叫来保安，这才将事态平息下来。喜子躺在血泊里，渐渐晕了过去，满脸错愕的艾克说喜子晕血。

此时此刻，叫救护车怕是来不及了，陈老板招呼几个手下，把喜子背上自己的车，连忙送往医院。王烨站在桌前，扯了只鸡腿，边啃边对陈默说："丫脑袋上全是玻璃碴儿，特好看。"

陈默拍了拍王烨的背，气定神闲地笑道："策略不错，战术新颖，但手法不太利索。"

几分钟后，艾克送走喜子又跑回来，站在门口大喊，"陈老板，我告诉你！"他直指陈默，"这老东西要去音乐节，我就拒绝参加。你自己选，有他没我，有我没他！"

艾克喊完，转身又消失在门外。谁都能察觉到，这位有些娘炮的当红歌星唾沫横飞的样子，带着明显想把王烨和陈默凌迟处死的意味。

陈老板眉头紧皱，火急火燎地对陈默说："陈老师，你们这是干吗哟？这下可怎么办呀？"

陈默举起那杯抿了无数次的红酒，瘪嘴一笑："陈董，今天这事儿，我对不住你。音乐节我不去了，你好好办，有机会咱们再合作。"陈默一饮而尽，转身带着晕晕乎乎的王烨离开了。

回到车上，陈默点了两支烟，一支递给王烨。事实上，此时此刻的香烟对王烨来说，是一种恰到好处的存在。

他仰起被打得红肿的侧脸，若有所思地说："老哥，谢谢你替我报仇！"

"我什么时候替你报仇了？"

"你不是因为那帮孙子说江诗蕾的坏话才过去找刺儿的吗？"

陈默嘿嘿一笑："我没那么伟大。"

王烨在烟雾中眉飞色舞地说："你看我用酒瓶开瓢那姿势狂不狂？是不是跟你那天晚上一样帅？"

陈默轻轻摇头："不行，一看你就没打过人。用酒瓶开瓢儿，讲究稳、准、狠。一定要抓住瓶颈，用瓶肚子重击额头。那样不仅力道十足，而且视觉效果强，有气势。"陈默用双手在王烨面前比比划划，"你看你，抓着瓶肚子打人，效果不但不好，而且容易自残。"

"记住了，一定吸取经验。"王烨沾沾自喜，"说实话，从小到大，这还是头一回打人呢。你知道我抡酒瓶那一刹那，脑子里在想什么？我在想你那天打人的样子，太他妈摇滚了。"

"瞎说，别把摇滚跟打人往一块儿搁。"

"就是一种感觉！"

"也好！"陈默望着车窗外淅淅沥沥的小雨说，"人这辈子，凡事总得经一次。你这辈子要是不打一回架，多无聊啊？"

"可不是吗？跟江诗蕾混的时候，成天在公司求爷爷，在外边告奶奶，为了锦衣玉食，苟苟且且，我那点儿残存的兽性全被压制了。谁骂我，我都一脸客气，压根儿没想到能变成今天这样儿，太爽了！"王烨摸了摸自己红肿的脸，"哎哟，还有点儿疼，火辣辣的。"

"别往脸上想，一会儿就好了。"

"哦，知道了。"王烨跟小孩似的吐出嘴里的烟，"你也别在意，这个音乐节咱不去，还有别的演出呢！"

"什么演出？"

"音乐嘉年华。"

"什么意思？"

"实际就是旅行演出。我今早接的电话，这个演出是一家饮料公司主办的，由各地旅游局承办，一共三场表演，分别在敦煌、拉萨、大理各演一场。主办方提供房车和差旅费，估计那车上全是他们的广告。主办方说，咱们必须从北京出发，一路开到敦煌，再到拉萨，最后到大理。虽然时间有些长，但演出费比音乐节高多了。"

"我觉得这个不错，挺新鲜。"

"本来我是拒绝的，毕竟音乐节的性价比要高很多。一方面周期短，另一方面，传播力也强。这个嘉年华，缺点太多。"

陈默不赞同地说："有什么缺点？我看挺好。又能唱歌，又能旅行，多好啊！"

"你要这么觉得，那也成。"王烨把烟头扔出窗外，雷霆乍惊似的说，"哎？我有个主意，咱可以把每一站演出的经过拍成视频，然后剪辑一下，传到网上，我估计肯定能火。"

"我只管唱歌，宣传是你的事儿。"陈默微微一笑，"不过，那么大个房车，就咱们两个人啊？"

"还有工作人员。"

"我有个请求。"

"说呗。"

"要是去的话，我不想带工作人员，我要带自己的乐队。"

"主办方说他们会在当地找乐队，设备什么的一应俱全。"

"我要带自己的乐队。"

见陈默郑重其事地坚持，王烨连忙挥手说："好好好，我打电话问问他。"

一番询问后，王烨挂了电话："主办方说可以，但演出费不会增加。"

"没问题。"

"那咱们现在干吗去？"

"找个地方醒醒酒，下午我带你去见几个人。"

第九章

　　在陈默的指引下，王烨把车停在了五棵松附近一家汽车美容店门前。和其他汽车美容店相比，这家店并无独到之处，甚至有些老旧。

　　陈默下车后，站在细雨中说："这家店老板，是我们乐队鼓手，跟我来。"

　　可能因为是雨天，店里显得比较冷清，几个年轻小伙坐在门口，见陈默和王烨走来便问："老板，您要点儿什么？"

　　陈默说："我找你们老板。"

　　小伙子转头向店里喊道："吴老板！有人找您。"

　　王烨循声望去，只见一个短发花白的男人坐在电脑桌前，正眯着眼睛向门口远望。

　　陈默绕过店里的停车位，见男人起身走来便放声大笑。两人在明亮的 LED 灯下紧紧相拥，一时无话，只用双手轻轻拍打着彼此的后背。

"吴飞，最近怎么样？"陈默松开双臂。

"挺好的！"这个叫吴飞的老男人，虽说一脸皱纹，但双目如炬，炯炯有神。此刻见到陈默，他眼眶里似乎闪着晶莹的泪花。

"我来介绍一下。"陈默指着王烨说，"这小孩是我现在的经纪人，叫王烨。"

吴飞一脸不解："怎么了？你又出道啦？"

"算是吧。"

吴飞一听，嘴角难以察觉地抽搐了几下，然后心花怒放般大笑起来："你个老东西，还出道呢？来来来，我给你们泡茶。"

跟着吴飞，陈默和王烨走进了电脑桌后边的办公室，坐进柔软的沙发，陈默环顾四周。虽说是阴雨天，但窗户很大，采光不错，室内还算明亮。沙发前头，坐着一张红木茶几，上面躺着一套精美的茶具。吴飞打开办公桌抽屉，低头说道："那小孩，喝普洱吗？陈默就喜欢喝普洱。"

王烨连忙应声："您客气，我随便。"

陈默说："小飞，我有一事，想跟你商量商量。"

"说吧，这次借多少？"吴飞关起抽屉，拿着一盒茶叶，与陈默相对而坐，俯身给热水壶通了电。

"谁跟你借钱啊？说正事，眼下有个音乐嘉年华。"陈默转头问王烨，"是不是这名字？"

王烨连连点头："对，就是这名字。"

"什么？音乐加什么？"吴飞握着茶盒问，"干吗的？"

"吴老师，我来解释一下。"王烨说，"其实就是几场演出，只不过在外地，咱们要一路开车过去，等于旅行演出。"

"外地？去哪儿啊？怀柔还是密云？"

"敦煌、拉萨，还有大理。"

吴飞惊呼："陈默，你疯了吗？那么远，还开车去！我都五十二了，你也五十四了，没你这么玩儿命的。"

"怎么就疯了？不是挺好吗？咱几个老哥们儿，重走一次摇滚路，多好啊？"

"你这是为难我。"吴飞把茶叶倒进茶壶，"你看我这店，能走开吗？一天不营业，就扔一天房租，这将近七百多平的房子，你又不是不知道。"

陈默厉声问道："你就说去不去吧？"

"默儿，你这一把年纪，别跟这小孩儿瞎混了，成不成？"

"小飞，咱多少年没在一块儿玩儿音乐了？"

"哎呀，有二十几年了吧。"

"临死前，你真不想再玩儿一把？"

"玩儿不动了。"

"成，你要这么说，就当我今天没来过。"陈默拍了王烨一把，"走啊？愣着干吗？"

见二人起身离开，吴飞一路跟在身后："默儿，你瞧你，喝口茶再走呀！"

"不喝了，你忙你的，祝你生意兴隆。"

望着陈默穿过细雨，乘车离开，吴飞心里燃起了淡淡的失落。他想起很久以前，那几个面目葱茏的年轻人，站在大雨滂沱的舞台上，疯狂地向台下上万人传递着自己的激情与自由。老了，真的老了。他转身看到自己映在玻璃上的脸庞，每一条皱纹，都证明着岁月已逝，青春不再。

他走向办公室旁边另一间屋子，推开门，打开灯，在那中央，安静地沉睡着一组架子鼓。厚厚的布帘遮住了鼓身，但难掩它们肌肉感十足的轮廓。在吴飞耳畔，仿佛响起了轻轻的鼓点，但他知道，那只是雨打屋檐而已。不过在他心里，似乎有一位年轻人，穿着海魂衫，正舞动鼓锤，掀起了排天巨浪。

王烨跟陈默走进一家银行，女大堂经理迎了过来，面带微笑说："请问先生办理什么业务？"

陈默点头致意："你好，我找你们支行行长。"

"我们行长刚走。"

陈默掏出电话，拨出一个号码，顷刻间便接通了："喂？圆子，你去哪儿了……我在你们银行，找你有事儿……去你办公室？"陈默把电话交给大堂经理，只听她忙着点头答应，没几句就挂了电话。

大堂经理笑说："这边请，行长让你们在办公室等。"

装修豪华的办公室里，到处都是俗不可耐的物件，什么玉白菜、金蟾蜍、招财猫应有尽有。

王烨坐在沙发里问："这个人叫圆子？"

"他叫雷原，我们叫他圆子，是我们领奏吉他手。六五年的人，和小飞同岁。"

陈默坐进了巨大而柔软的老板椅，他看到雷原桌上的电脑旁放着两个相框，一个是圆子一家三口在八达岭长城的合照，他搂着容貌素丽的老婆和胖嘟嘟的儿子，满脸欢欣。另一个是1987年《沉默爆发》演唱会后，所有乐队成员在首体门前的合照。照片里，圆子站在陈默身旁，甩动长发，面带轻狂地咆哮着。

不到十分钟，办公室的大门被推开了。只见圆子喜出望外地走了进来，拍手喊道："默儿，快过来让我抱一下。"

和吴飞的拥抱不同，圆子直接把陈默抱了起来，大喊道："你他妈想死我了，打电话不接，也不知道你住哪儿？想死啊？"

"得了得了，快把我放下。"

两人在办公室里开怀大笑。雷原瞥了眼站在一边的王烨说："这小孩是谁？我靠，小孩儿，你这脸怎么了？是不是让你陈叔给胖揍了一顿？"雷原轻声对陈默说，"怎么回事？是不是来讹医药费的？"

王烨万万没想到，作为一名银行行长，雷原竟会如此放荡不羁，当得"不伦不类"的名头："我是陈默的朋友。"

"圆子，我来介绍一下，这小孩叫王烨，是我的经纪人。"

"经纪人？"圆子小心翼翼地把王烨又打量了一遍，"你没开玩笑吧？这孩子一副孤苦伶仃的样子，也能当经纪人？"

"行了，好好说话。"陈默说，"小烨，坐下。"

"坐坐坐。"雷原转身走向门外，对走廊喊了一声："小钱，给我弄两杯咖啡。"

陈默在王烨身边一坐，清嗓道："圆子，我找你有个事儿。"

"说嘛。"雷原把西服脱了，随手挂在门口的衣架上。

"我有个演出想叫大家一起去。"

"演出？算了吧，都好久没玩儿了，手都废了。"

"圆子，我想让你来！"

听陈默严肃的腔调，雷原这才收起了眉飞色舞的笑容："在哪儿演出？"

"敦煌、拉萨、大理。"

雷原在冷静中眸子一闪，转而扑哧一笑："默儿，你逗我呢？你觉得我能走开吗？我这手里多少贷款现在还不上，大行长天天催任务、催储蓄，你能明白吗？"

"那你去不去？"

"我这……去不了啊！"雷原把手一摊。

"好吧，你当我没说。"陈默起身，面带失落，他伸手拍了王烨一巴掌，打得王烨"哎呀"一声，"走啊？还坐着干吗？喝咖啡呀？"

"默儿，你别这样行不行？你先坐下，哎！陈默！"

雷原一路追出银行："默儿，不是我不乐意，你看我现在这德行，哎，我这有伞你们拿几把呀？"

望着陈默坐着汽车消失在大雨之中，雷原站在雨里，很快就淋湿了雪白的衬衣。雷原的司机撑伞跑来，被雷原一把推开，他把双手插进裤兜，眉眼低垂地向银行走去。

坐在办公室的老板椅上，望着相框里那灰色而闪光的画面，雷原好像又听见了陈默铿锵有力地说："圆子，我想让你来！"

其实，自从雷原脱离乐队以来，他从来都没有间断过每日练琴。这些年无论工作多忙，上司多么心狠手辣，他只要弹起吉他，solo 一段，心里总会如释重负。可是，岁月消磨了他飞扬跋扈的青春，也让他慢慢习惯了云山雾罩地谈话，像刚才那么直接那么大大咧咧的交流方式，已经很久没有过了。但这至少证明，有些东西仍然活着，只是睡着了而已。

雷原使劲儿咽了口唾沫，他暂时忘记了工作的负担，脑海里只有陈默明亮而坚定的眼神。就像三十年前，他们站在舞台中央，陈默对他点头，那犹如闪电般的目光固执地发出了开始疯狂的信号。此时此刻，雷原的手指微微颤动了一下，再一看，他已握住了 C 和弦。

雷原起身，向那面深咖色的壁柜走去，他打开格挡，取出了一只黑色的长盒，并将它放在桌上。掀开盒盖，露出了一把金色、简洁、光亮而棱角分明的电吉他。它像一把板斧，静静地躺在盒子里，在那个年代，每个年轻人心里都好像有一把板斧，他们如猛龙过江一般，用摇滚劈开所有束缚，寻找着理想和自由，表达着内心对整个世界的看法。

他把手轻轻放在琴弦上，六根琴弦逐一拨动，每拨一根，便剥落一分犹豫，想起一段回忆。

坐在汽车里，陈默兀自吸着烟，任凭雨水从窗外打进来，淋湿手臂。

王烨握着方向盘，默默地扭动，许久之后才微笑道："其实主办方有乐队，咱们没必要……"

"还有一个人，再找一个，成吗？"

"没问题。"

雨下得更大了，雷声不时响彻八方，路边屋檐下，几个孩子战战兢兢地依偎在一起。汽车停在了海淀区一栋写字楼下，王烨跟着陈默，乘电梯到二十二楼，下电梯，楼道里贴满了各家公司的名牌。

陈默向右手走了十多步，在一扇棕色防盗门前驻足，大门一侧，挂着一方塑料名牌，标着"小哲音乐工作室"七个大字，其间点缀着莫名其妙的logo。

陈默敲响了大门，许久无人应答，他不得不加大力度，连续敲击，这才听到门里有人喊话："谁啊？"

"是我，陈默！"

大门被狠狠拉开，扑来满面冷风，一个身材发福、满脸络腮胡子的胖男人一见陈默便满脸笑意，他二话没说，将陈默一把抱进怀里，嘴里唠唠叨叨地说着："好好好，来了就好……大家都不知道你去哪儿了，前几天看见你打人，才知道你在北京。"胖子松开怀抱，握拳锤了陈默一下，"没事儿吧，那帮夜店的孙子没伤着你吗？"

"我没事，你怎么样小哲？"

"我们都好，尽操心你啦，前两天我还跟吴飞喝酒来着。他说六年前你打电话跟他借过钱，然后就再找不见啦！"

陈默转头看着王烨说："我来介绍一下，这是我经纪人王烨，这是我们贝斯手，楚哲。他比我小一岁，我叫他小哲。他现在可是金牌儿音乐制作人。"

"狗屁金牌儿！"楚哲大笑，同王烨握手道，"你好。"

"您好。"

三人走进屋子，楚哲走在最前面，推开右手的木门大声说："你把重音拉低点儿，这姑娘声音都淹里头啦，我哥们儿来了，你们先忙。"

王烨向门里一看，原来是录音棚。

跟小哲走进了一间明亮的屋子，墙上贴满了歌星海报，其中以女星居多，她们大多高挑冷艳，也有小家碧玉型的女歌手。陈默和王烨在一张玻璃圆桌前围坐下来，小哲从角落拿来两瓶饮料，放在桌上说："默儿，今天晚上，咱们聚一聚呗。我待会儿给吴飞他们打电话。"

"下来再说吧，你现在这么有名，录音棚应该很忙吧？"

"树大招风，唱片公司现在猛推新人，有时候一天之内，就有四五个明星横空出世，我这儿都成造星工厂啦！"小哲掏出香烟，给陈默、王烨一人一支，王烨显得很矜持，微笑着说："我不吸烟，谢谢。"

小哲目光敏锐："默儿，这经纪人干吗的？你又出道了？"

陈默点烟，深吸一口说："这不正要告诉你嘛，我有个演出，想让你来。"

"哪天？在哪儿啊？"

"过一阵子，在敦煌、拉萨、大理各有一场。"

小哲的眼神略带沉思，缓缓吐了口烟："有点儿远啊！"

"咱们有房车。"

"那还不错，可以边旅游边演出。"小哲神情自若地问，"哎？吴飞和雷原他们去吗？"

陈默瘪嘴摇头："他们没时间。"

"我倒是能去，只不过这阵子不行，怕得耽误你。"

"小哲，我做梦都想把大家攒起来，咱们再玩一把，你说呢？"

王烨偷瞧着楚哲，发现他听到这句，表情一怔，眼角散出了些许潮湿。他嘴边似有千言万语，蠢蠢欲动，却开不了口。

"演出费不错，楚老师，您可以考虑考虑。"王烨带着高端谈判的口吻一板一眼地说。

楚哲望向王烨，不屑一笑："王烨，你觉得我在乎钱吗？你觉得默儿在乎吗？我已经二十多年没演出了。今天就是默儿，要是别人，我早请你出去啦，你信不信？"

王烨黯然无语，他在楚哲的言谈之间，感受到了一股强大的气场。同时也对楚哲在金钱上的敏感反应而感到吃惊。望着楚哲透彻无比的眼神，王烨似乎明白了，他不应该在这些老男人之间的友谊之上谈论金钱利益。但作为一名经纪人，讨价还价无可厚非，只不过此时此刻，他心里那条"有钱能使鬼推磨"的市场铁律，被楚哲的三言两语摧枯拉朽一般地彻底击碎，化为乌有。

"我说话有些口无遮拦，你别生气。"楚哲对王烨微微一笑，"你知道这些年，我们为什么都特担心默儿吗？因为我们都能从过去的泡影里走出来，但陈默不行。他比我们傻，也比我们骨头硬。"

楚哲转头望着眼眶含泪的陈默说："默儿，我跟你去，别说拉萨，毛里求斯都无所谓。"

两个老男人的脸上挂着默契非凡的笑容。临走前，陈默、楚哲紧紧相拥，惺惺相惜。虽然缄口不言，却比任何言语都有力量。

送走陈默，楚哲坐在明亮的房子里，望着琴架上那把银色的贝斯，脑海里闪过了许多记忆的碎片。他闭起双眼，聆听窗外的雨声，那仿佛是吴飞的架子鼓在铿锵作响。是啊，假如错过这次机会，他们只能在无声的岁月里垂垂老矣。用摇滚对抗时间，也许，就需要一次奋不顾身吧！

当天夜里，陈默拨通了前妻小晴的电话，她声音沙哑，略带鼻塞，应该是感冒了。

"感冒了？吃药了吗？"

"嗯，吃了，你找我干吗？"

"你和小沫……去养老院了？"

"去了，妈说想听你唱歌。"

"小晴，谢谢你。"

"没别的事儿，我就挂了。"

"稍等一下。"

"快说呀！"

"过几天，我要出去一趟，可能有一段时间不在北京，麻烦你定时去看一下我妈。"

"你去干吗？"

"演出。"

"……知道了，我会去的。"

陈默的眉梢抖动了几下，他原本想见缝插针地说些感激的话，此时此刻，却无论如何也说不出口："那谢谢了，晚安。"

"等等……"小晴在电话中静默了片刻，"出去了，别忘吃药，别打人，注意安全。"

陈默的眼泪突然夺眶而出："知道了，你照顾好自己。"

挂了电话，陈默躺在床上，想着小晴最后那几句话，仍有些心跳加速的感觉。他已经许多年没有这种感觉了，上一回心跳加速的时候，还是1987年《沉默爆发》演唱会之后，乐队成员在首体门外合影完毕，一个目若秋水、婀娜可爱的女孩跑过来向陈默索要签名的时候。

那是1987年秋天，北京的夜空深蓝，陈默和女孩站在路灯两边，隔着黄叶飞旋。女孩扎着马尾，一袭长裙。她不躲不闪地凝视陈默，像头顶的星星舍不得天明。陈默签好磁带，递给女孩，她好像静止了一样，没有伸手来接。陈默看向女孩，他们四目相对，在一阵微风里，女孩像玉兰花开，盈盈一笑，让陈默心动不已。

女孩接过磁带说："谢谢你。"

"不客气。"

"能抱一下吗？"

"当然。"拥抱后，陈默问她，"你叫什么名字？"

"我叫齐小晴。"

第十章

　　王烨负责接洽所有事务，陈默则对琐事不闻不问，除了和主办方签署合同，他最担心的还是养老院的妈妈。

　　三天后的清晨，天蒙蒙亮，王烨开着房车，在陈默出租屋下连打喇叭。

　　十分钟后，陈默下楼，看着这辆贴满广告和音符的银色房车，不禁有些担心。他和站在车旁等候的楚哲拍手相拥，接而转头问王烨："这东西没问题吧？别跑到半路抛锚了？"

　　"不会！毕竟是进口货。"

　　"进口货就不出问题？"

　　"有可能，但概率小。"王烨拉开车厢门说："你看看，我把谁给你带来了？"

　　门一拉开，陈默就听到一阵充满节奏而熟悉的鼓点，他微微扬起嘴角，探头向里一看，果不其然是吴飞，他正戴着墨镜，一边敲着架子鼓，一边对着陈默咧嘴大笑。

"怎么样？喜欢吗？"吴飞喊道。

"喜欢！"

楚哲把手搭在陈默肩头，朝车里喊道："行了，别扰民！"

吴飞潇洒帅气地旋动鼓棒，然后起身向车门走来，他们在车下紧紧相拥，陈默刹那间泪流满面："小飞，你他妈又骗我！"

"就你他妈有资格让我骗。"

"行了行了，两个大男人哭个屁。"楚哲拥抱住两人，自己也热泪盈眶。站在旁边的王烨差点儿也哭出来，这几个老男人之间的情义，仿佛一杯陈年老酒，散发着岁月酝酿的香醇与痴迷。

吴飞转头向车后大喊："行了！出来吧！"

只见一个人影从车后飞闪而出，穿着时尚又显年轻的卫衣、破洞牛仔裤和轻便的耐克运动鞋，身上还斜挎一只黑色吉他包。

"圆子！"陈默惊呼，"你们这帮孙子！"

看到陈默泣不成声，王烨似乎第一次感受到了这位铁汉的侠骨柔情。雷原站在原地，面带微笑，泪水无声地落下，他展开双臂，仿佛在等待一次期待已久的拥抱。

陈默走过去，用拳头重重锤在了雷原胸口，然后抹了眼泪，把雷原紧紧抱在怀里："怎么着，贷款都不管了？"

"丫去他娘的贷款！"

此时，晨曦在天边放出了耀眼的光芒，四个老男人站在金色的路面上，不说话，一切就十分美好。

车开了，一路向西，几人轮流驾驶。音响里播放着那些曾红极一时的摇滚歌曲，有崔健，有窦唯，有黑豹，也有披头士和枪炮玫瑰，还有滚石、涅槃和皇后。

吴飞坐在窗边问王烨："小孩儿，怎么没我们的歌？"

王烨握着方向盘说："老哥不想听。"

所有人都瞭了陈默一眼，只听陈默道："哥几个，给咱们乐队起个名字吧？"

雷原说："起什么名字？陈默这名字不够用啊？"

"没开玩笑，想一个！"

"叫'扯蛋乐队'怎么样？"王烨说。

雷原咧嘴喊道："小孩儿，你是不是蛋疼！"

"老男人乐队？"吴飞说。

雷原摇头道："不行不行，这名字土得掉渣儿。"

楚哲沉思片刻，道："默儿那天来找我，让我想起了许多事儿。咱们一起玩儿音乐，从开始到现在，已经三十多年了。三十多年里，咱们除了变老，好像什么都没发生。岁月无声无息的，这次出来，咱们就是要反抗它，用摇滚反抗它。不如叫抗衡乐队吧。"

"好，还是小哲有才。"雷原转头对王烨说，"小孩儿，你读的书都喂狗啦？"

众人一听，放声大笑，连王烨都笑得前仰后合。

汽车载着抗衡乐队穿行在无边无际的高速公路上，车马劳顿自不待说，当天夜里，他们抵达了山西省吕梁市。在此休息一夜，第二天继续启程，夜里就到了甘肃省省会城市兰州。

这是一座因牛肉面而闻名遐迩的城市，听人说，走在兰州的大街小巷，随处能闻到牛肉面的香味儿，就好像整座城市都泡在一碗牛肉汤里。

楚哲开车，王烨联系了主办方，按照他们给出的地址，汽车穿过黄河，驶入城区。这座西北重镇的夜晚，和香港漫天霓虹的维多利亚港大同小异，简直就是小香港。

酒店门前，一众人已等候多时。王烨说，这群人里，除了主办方分公司领导，还有旅游局相关人员。陈默等人下车后，受到了热烈欢迎。坐了一天车，神情难免恍惚，在一个胖男人的介绍下，陈默和欢迎人员一一握手，最后也没搞清谁是谁。

胖男人说："已备下各色饭菜，请各位老师上楼。"

陈默一想，这一吃难免又是杯盘狼藉，客套应付，便说："不用了，我们都很累，需要好好休息一下。"

主办方一个小女孩说："不吃饭怎么成？"

"没关系，我们有吃的。"楚哲双手合十对众人谢道，"感谢诸位热情款待，我们这一路颠簸，真有些累了，请大家谅解。"

胖男人笑道："既然如此，我们也不强求各位老师。房间已经开好，小王，你带老师们上楼。"他又对王烨说，"车交给我们司机，待会儿让他把车钥匙送上去。"

"好的，麻烦您了。"

众人目送五人走进酒店，名叫小王的女孩走在前面，带他们乘电梯来到十八楼。小女孩说："各位老师，我叫王颖，这五张房卡都标着房间号，你们早点儿休息。"

"王颖？"陈默说。

"对，新颖的颖。"

"哦！小颖，我想问你个问题。"

"您说？"

"这附近有没有吃宵夜的地儿？"

"您想吃什么呀？"

"本地特色小吃。"

"有啊？正宁路夜市。有烤肉、面食，还有牛奶鸡蛋醪糟，都上过电视呢！"

"没有牛肉面吗？"

"有倒是有，不过兰州人很少在晚上吃牛肉面。"

"那什么时候吃？"

"早上啊？早上的汤美。就跟你们北京人吃炒肝、包子一样。"

后边几个人听完这番对话，全都饿得一塌糊涂，尤其是王烨，肚子叫得跟手机彩铃似的。

"这样啊。"陈默咂巴着嘴，"那你能不能告诉我这地方在哪儿？"

女孩讪讪一笑："我带你们去吧，反正我闲着没事儿。"

"可不能让你们下面那些人知道啊？"

"放心，他们早散了，闹不好这会儿正喝你们的接风酒呢！"

五个人回到各自房间，放下行李清洗一番。兰州的夏夜似乎比北京燥热，陈默穿着短裤短袖便出门而去。

走出酒店，几个人站在兰州灯火辉煌的路边伸手打车，女孩左顾右盼地说："一辆车坐不下，要两辆。那地方叫正宁路夜市，你们记下啦？"

出租车一路飞奔，陈默望着窗外，路边尽是低矮的槐树一闪而过，有条路上，两边的人行道摆满了琳琅满目的商品，人们像过江之鲫穿梭其间，女孩说这是兰州非常出名的一条夜市，能买到相对便宜的东西。有些路围着蓝色的防护板，陈默问道："这儿修路吗？"

"不，这是地铁，马上就通车啦。"女孩在路灯的映照下，笑容灿烂，"等地铁修好，每天上班就不用挤公交了。"

出租车司机咧嘴一笑，带着兰州腔说："再不牢胡佛啥（再别胡说），来地铁照样把你挤成片片子尼（那地铁照样把你挤成照片呢）。"

车上的陈默、王烨和雷原都没听懂啥意思，以为出租车司机也在夸赞地铁，王烨便说："地铁好，比公交车快。"

在片刻寂静之后，出租车靠边一停，女孩下车指着街对面说："那就是正宁路夜市。"

王烨循目望去，只见不宽的一条巷子灯火通明，人来人往，便说："这怎么像菜市场啊？我家楼下菜市场都比这儿宽。"

"小孩儿少废话，赶紧走！"雷原见楚哲他们也下了车，便跟女孩一路走去。

走进夜市，陈默第一感觉就是嘈杂、混乱，四处都是揽客的吼叫，铁勺"铛铛"的翻炒声不绝于耳，大锅下的炉灶里喷着火舌，感觉一不留神就会烧坏屁股。人们摩肩接踵，呼吸困难，又行走在一片烟雾缭绕中，难免叫人心乱如麻。但在美食面前，一切又显得那么微不足道。每个摊位后边，都有一片地方，摆着桌椅板凳，供食客落座。放眼望去，空座不多，人满为患。

雷原站在一个烤肉摊前惊呼："喔！这烤肉，局气！"

烤肉老板戴着白帽，应该是回族，看到圆子一脸稀奇便说："家进来坐啥，稀麻香喽（特别香）。"

雷原问小颖："啥意思？"

"他说他的烤肉特别香，让你进去坐。"

"那咱坐呗。"

"好啊！"

女孩带他们绕过摊位，在脏乎乎满是油渍的塑料桌前坐下，陈默拿起桌上那张油乎乎的塑封菜单问："烤肉一把，多少串啊？"

女孩笑说："二十串。"

"哦，来三把烤肉……"

陈默话音未落，只听吴飞惊呼："妈呀，还能吃羊头呢？怎么吃啊？"

王烨不禁皱眉："老哥，还是算了吧！"

"不行，我就喜欢挑战。"吴飞问，"姑娘，这羊头怎么吃啊？"

女孩捂嘴一笑："掰开，然后往脑子上撒点儿椒盐就能吃啦！"

"吃脑子？"

"嗯，吃脑子。"

"我去，不错啊！默儿，我要个羊头。"

听吴飞这么一说，雷原和楚哲都来劲儿了："他吃我也吃，要羊头。"

一阵眉开眼笑地商量后，烤肉、烤筋、烤腰子，外加四个羊头新鲜上桌。女孩吃了几串说道："你们等等，我去给你们要几碗牛奶鸡蛋醪糟。"

"好喝吗？"陈默问。

"好着呢，等着。"

不到十分钟，五个人风卷残云一般扫干了桌上的烤肉，四个老男人坐在四个羊头前，抱着肚子，心满意足地望着面前人来人往。此时，女孩和一个摊主端着托盘，捧来五碗白花花的醪糟汤。

王烨喝了一口直喊烫，吴飞用勺子轻轻搅动，小喝一口道："嗯，很甜，有一股奶香，还有醪糟的酒味儿。"他连忙又喝一口，"好像还有芝麻？"

王烨望着神经兮兮的吴飞说："老哥，不是好像有芝麻，这碗上漂的都是芝麻好吗？"

吴飞对王烨的话充耳不闻，接着说："花生碾碎，和芝麻的香味在一起纠缠，越嚼越有味。其中富含的脂肪和蛋白质，可供人一夜的劳动所需。枸杞和鸡蛋点缀其间，颜色相映成趣，勾人味蕾，真是难得！"

"老哥，你背台词儿呢？还一夜劳动！"

几个人都吃得那么完满，每一种味道都无懈可击。楚哲抱着肚子，小心翼翼地说："咱们蹓蹓吧？这么回去也睡不着啊！"

陈默对女孩说："小颖，要不你打车先回，我们走走，酒店的名字我们知道。"

"好吧！"女孩望着这几个孕妇似的男人笑说，"那你们路上小心。"

来到路边，女孩坐进一辆出租车，挥手离开了。

老男人们点起香烟，顺着路灯一路溜达，嘴里都说着后悔吃太多，应该留些肚子吃点儿别的。王烨跟在身后，望着他们摇摇晃晃的背影，心中暗想，这几个老家伙，都带着一股肆无忌惮的轻狂，连羊脑袋那种东西都说吃就吃，简直是放浪形骸。所以不难猜测，这些人年轻时都是什么样子。难道这就是那个摇滚时代的样子？平时在同学中间，以不走寻常路而自居的王烨，此刻在他们面前，也只能望洋兴叹。

此时，陈默远远听到有人唱歌："前面地下道是不是有人在唱歌？"

雷原说："怎么了？你又想去地下道卖唱啊？"

"咱们去看看吧？"

"可以啊！"

五个人走进地下道，果不其然有人在弹唱齐秦的歌。

……

在很久很久以前

你拥有我，我拥有你

……

弹琴的少年见五个人隔着地下道，在他对面蹲下，怔怔地望着自己，不但没害臊，反而更灿烂地唱了起来。他脚下的琴包上放着一堆人民币，五毛一块居多，五块十块较少，五十一百压根儿没有。

雷原说："小哲，这孩子可以啊！"

"有点儿齐秦的意思，不过有点儿硬。"楚哲把烟头掐在脚下说。

"王烨。"陈默向少年仰了仰下巴，"给点儿钱呗。"

"给多少？"王烨问。

"你看着给呗。"

王烨掏出钱包，抽出二十，走过去放在少年琴包上，只听少年笑说："谢谢，你们想听什么歌，我唱给你们听？"

王烨说："会唱陈默的歌吗？"

"当然会，他可是我最喜欢的摇滚歌手。我弹吉他学的第一首歌，就是陈默的……哎？这个叔叔，你和陈默长得很像啊！"

除了陈默，对面几人哈哈大笑，陈默问："孩子，你今年多大？"

"到今年十月就二十三啦。"

"你不好好上学，三更半夜还在这儿唱歌啊？"

少年含着一笑："我学习不好，高中毕业就不上了。"

"你靠这个为生吗？"

"是啊！"

"这么年轻，干吗不找个工作？"

"我就喜欢唱歌，而且唱歌能挣钱，挺好的。"

雷原问："你一天能挣多少啊？"

"少点儿五六十，多点儿也有一百块呢！"

王烨问："你这样一直唱下去，别人问你干吗的，你说你卖唱的，好意思说出口吗？"

少年笑道："没关系呀，干吗在意别人呢？"少年看了眼陈默，"大叔，你不会真是陈默吧？"

陈默淡淡一笑："你觉得可能吗？"

少年摇头道："我觉得不可能，人家前两天还在北京地下道演出呢。那你到底是不是啊？"

雷原说："当然不是！你以为陈默蛋疼呀，跑兰州的地下道来听你唱歌？"

此言一出，众人再次捧腹大笑。

少年有些失落："说得也是啊。不过看他在地下道的视频，一点儿都看不出他得了抑郁症。太厉害了，隔着手机我都热血沸腾呢。希望他能好起来，然后全国巡演，我不吃不喝也要去听他演唱会。"

王烨笑说："门票又不贵，至于不吃不喝吗？"

"我要买最前排的票，兴许还能要上签名呢！"

陈默问："你就这么一直唱下去？有别的打算吗？"

"管它呢？先唱几年呗！万一哪天，梦想一不小心叫我实现了呢？闹不好出张唱片全国巡演呢？反正我干不了别的，我只会唱歌，只要我吃饱了，我就想唱歌。"

陈默说："这句话听着耳熟。"

"对啊！这是陈默那首《永不妥协》的歌词嘛！"

王烨觉得这少年可真能扯犊子，于是笑道："你还挺会引经据典啊？"

"陈默的歌我基本都会唱，你们听吗？"

王烨指着陈默说："这位大叔，不仅长得像陈默，而且……"

"好了，咱们走吧。"陈默打断王烨的话，走过来拍了拍少年的肩膀，"祝你梦想成真，再见。"

望着几人渐渐离去，少年满脸疑问，心里嘀咕道："这人也太像陈默了！"他再次扫动琴弦，唱起了陈默的歌。

第十一章

第二天一早，大家满心期待地走进一家牛肉面馆，在兰州，当然要吃碗正宗牛肉面。有意思的是，牛肉面因拉面形状不同而叫法颇多，有二细、三细、毛细等一堆叫法，搞的五人晕头转向，最后只能说："来五个牛肉面。"

兰州人似乎很能吃辣，碗里除了蒜苗，全是辣椒，但这只是表面现象。因为这儿的辣椒香而不辣，雷原开始害怕，后来越吃越香，还偷偷问陈默："能不能再要点儿辣子？"

看几个老男人狼吞虎咽，心满意足之后，王烨突然发现，他们的一举一动、一颦一笑，压根儿和什么摇滚时代什么理想主义不搭嘎。为什么？因为事实证明，这四个老男人，就是如假包换的24K纯金吃货！五个人回到酒店，王颖已等候多时，交接房卡，打过招呼，抗衡乐队再次上路。

汽车驶出兰州，一路向北，村落慢慢稀少，道路两旁，那人迹罕至、无边无际的戈壁滩渐渐映入眼帘。下午三点多,太阳高高悬在一碧万里的天空,路上的车越来越少,戈壁滩也变成了大漠孤烟。放眼望去,这条笔直的公路向天际延伸而去,不见尽头。

雷原开车,不时拿王烨开涮:"小孩儿,你说你当过女明星的经纪人,怎么不懂就地取材呢?"

"老哥,咱别提这事儿成吗?"王烨打开车顶的储物箱,取出一只黑色琴包,打开拉链,抽出一把民谣吉他,"我给你们弹首歌吧,请各位老师雅正。"

陈默坐在窗边,把烟灰弹在圆桌上的烟灰缸里,笑道:"你还会弹吉他呀?"

"那当然,我弹吉他学的第一首歌,就是陈老师的。"

陈默嘀咕道:"你少来。"

"各位老师,你们是玩音乐的,虽然我有些班门弄斧,但我特想让各位给我些建设性意见,因为这歌是我的原创。"王烨一边调琴一边说,"大家不许笑啊!"

吴飞饶有兴趣地走过来,坐在橙色的阳光里说:"少废话,快点儿唱!"

楚哲说:"能不能报一下歌名?尊重一下听众好吗?"

王烨嬉皮笑脸:"歌名没想好,等我唱完,小哲老师给起个名呗!"

楚哲一脸嫌弃,挥手道:"唱吧,唱吧。"

王烨扫响琴弦,两扫一切,左手不断变换和弦,一听就是小清新的乡村音乐,节奏感十足。圆子手握方向盘,戴着墨镜,不时转头瞥一眼,笑道:"这小孩儿吉他弹得不错嘛!"

只听王烨在一声急促地切弦后唱道。

......

我在沙漠流浪

看见一朵白云

我遇见一个姑娘

她穿着蓝色的裙

（陈默说：嚯！不错呀，有点儿意思。）

我说我有些渴了

她给我一滴眼泪

化开了一片绿洲

我真的非常感动

（歌曲律动性很强，吴飞不自觉地打起响指，楚哲听得欢喜，脑袋一伸一缩，随声而动。）

虽然是海市蜃楼

可我相信有个姑娘在哭

我猜一定是该死的爱情

它又伤了她的心

（王烨拉高音量。）

可这和我有什么关系

我的初恋早就已经离去

她说我穷得只会弹琴

她喜欢吃隔壁大盘鸡

（众人笑作一团，王烨停止扫弦，表情古灵精怪，一副故作可爱特欠抽的样子。他把食指放在嘴边，"嘘"了一声，等车里鸦雀无声时，又带着俏皮的腔调接着唱起来。）

  我遇见一个司机

  他说要带我回家去

  我说至少几千公里

  他说反正闲着没事情

  啦啦啦……车开啦

  我们穿过沙漠和森林

  穿过湖泊

  穿过草地

  穿过东京和巴黎

  啦啦啦……（四个老男人一起啦了起来，不知何时，吴飞手里已握起沙锤，打着灵动的节奏。）

  车开着

  我们一直都在路上

  看了许多喜怒哀乐

  还有数不尽的天空的颜色

  啦啦啦……啦啦啦

  我们穿过沙漠和森林

  ……

  这首轻松的小歌就像一幅油画，缓缓展现在每个人脑海里。陈默望向窗外，突然觉得那浩瀚无垠的沙漠，居然在王烨的歌里变得可爱起来。众人用热烈的掌声表达了对这首歌的喜爱。楚哲竖起大拇指说："用流行歌曲的眼光看，这水平相当专业了，我可以给你做一首单曲。你是不是学过呀？"

王烨满脸堆笑："没有！还不是大学为了把妹子，天天挖空心思，掏心掏肺，这歌就是那时候写的。"

"就凭这首歌，那姑娘还不投怀送抱啊？"

"投怀送抱有什么意思？我喜欢追来的，结果愣是没追着。"王烨在悲切中长叹，"那女孩去了美国，从此音信全无。"

雷原一通虐笑："你这就叫有奶不好好吃，非嗗（作）！"

王烨摇头摆尾地说："哎！我就喜欢吃自个嗗的奶，等我有钱了，我非嗗到美国去。"

就在此时，雷原突然一脚急刹车。众人往前一看，只见车前的公路上，几块巨石封死了道路。

雷原满脸警觉，转头对其他人说："不好，估计碰上劫匪了！"

"不一定吧？"王烨望着石头，怔怔地说，"闹不好是拉石头的车把石头掉在路中间呢？"

"小孩儿，你傻呀？掉下来的东西能摆成一条线？"

"也是哦，那咱们下去搬开吧！"

"小孩儿，你能不能用气功把智商从屁股下面移上来。你信不信，只要你一下车，立马有人过来找你。"

"那咱们从边上绕过去吧？"

"万一车轮陷进沙子里怎么办？"

没想话刚说完，雷原就觉得有个东西顶住了自己的脑袋。转头一看，原来是把枪。雷原说："不用下车了，人已经来了。"

众人一看，都吓得魂飞魄散，王烨甚至缩在角落里，瑟瑟发抖。但这帮老男人毕竟是经过风雨，没几秒钟又恢复了往常的平静，只听陈默喊道："窗外边的兄弟！别伤人，要钱好说。"

用枪顶住雷原脑门儿的人，戴着一个塑料的孙悟空面具，听陈默一说，便对雷原喊道："把那边车门开开！"

雷原淡定地说："哥们儿，别激动啊，我开。"

随着"咔哒"一声，拿枪的男人吼了声"上"，另一侧车门便被人一把拉开，从车下上来两个穿着破旧短袖、满裤子是土的人，他们一高一矮，都戴着孙悟空面具，手里各举一把手枪，气势汹汹地朝每个人瞄准一番。高个子对众人喊道："都给我坐过来！快！"

小个子还上前踢了王烨一脚，踢得王烨伤心痛哭，边哭边说："大爷，各位大爷，我不想死啊！我还小……"

话没说完，小个子又是一脚："你给我闭嘴，一个大男人哭球啥里嘛！给我过去坐好。"小个子声音略显稚嫩，初步判断，应该是个变声期少年。

用枪顶住雷原的悍匪说："把你这门也开开，给我下来！"

"好，关上，跟我来，你敢跑我就打死你。"顺车头绕了一圈，来到另一侧门前，悍匪用枪头狠狠在雷原腰上一戳，"给我上去，跟他们坐一起，快！"

关起车门，三个"孙悟空"面对五个北京爷们儿，除了王烨在哭，一时彼此无话。陈默扫了眼他们的脚，发现他们都穿着满是泥点子的千层底儿，应该是住在附近农村的农民。陈默开口道："三位兄弟，既然是线上的响马，碎了我们也没收成，彼此招子放亮，给个通路，你拿庄稼走，我去放牛，怎么样？"

小个子仰头对领头悍匪说："伯，这货说啥嘞，我咋一句都听不懂？"

雷原眉眼低垂，轻声问陈默："你这啥意思？"

陈默小声道："我这是行话。"

领头悍匪说："先不管，把车开上走。"

小个子转身走向驾驶位，坐在驾驶椅上看了半天说："伯，这咋跟拖拉机不一样嘞。"

雷原一听，立马抬头说："大哥，你还是让我开吧。这开车可不是闹着玩儿的。"

悍匪用枪一指王烨："让这个娘娘腔开！"悍匪对车前的小个子说，"羊娃，你给他指路，敢乱开你就毙了他。"

"知道了，伯。"

在这个羊娃的导航下，汽车驶下公路，在颠簸的沙地里行驶起来。领头悍匪看了看房车里的东西："你们是搞啥的？"

旁边的大个子指着车后边的架子鼓说："哥，我在电视上见过这，跟咱们那牛皮鼓一样，敲起来有声响嘞。这些人闹不好是唱秦腔的。"

"是不是？"领头悍匪举枪怒问。

吴飞忙答："是是是，我们都是唱秦腔的嘞！"

"哎？你还学我说话嘞，信不信我把你毙了嘞！"

陈默不耐烦地问："你们到底要啥吗？"

"废话，当然要钱！"

说话间，汽车开上了一片土坡，这里出现了长满茇茇草的戈壁和一些早就破败的土墙。远处，有一些低矮起伏的土丘，巨大的云浪在沟壑间翻滚腾挪，如龙如马。

陈默又问："要多少钱吗？"

"十万！"

楚哲问："你要那么多钱干啥嘞？"

"你给我闭嘴！"领头悍匪感觉车停了下来，便转身拉开车门说，"都给我下车，快……都给我坐地上，不许说话！"

小个子问领头悍匪："伯，我看这车能卖十万。"

"你傻吗？"领头踢了小个子一脚说，"这么大的东西我卖给谁去嘞？你是不是没睡醒？"

小个子想了片刻说："我昨天跟羊顶锅锅，把头碰哈嘞！"

"咦，你个瓜怂。"

大个子走过来说："哥，你说这唱秦腔的能有啥钱嘞？"

领头说："就是哦，这你说咋办，已经抢了嘛。你们别说话，我先问问。"领头走向陈默，用枪顶他脑袋厉声问道，"十万块钱，有是没有？"

王烨忙说："有有有！但是没现金，要到银行取。"

听此一言，大个子小个子相互一望，连问话的悍匪也心头一惊，真是做梦也没想到，唱秦腔的居然这么有钱嘞。陈默眼珠向上一翻，细细一看，这悍匪的手枪居然有一丝裂纹，还有一点儿塑料状的起皮。

陈默心里顿时有了数，便如释重负地说："大哥，这儿离敦煌也不远，我让我们这位小兄弟开车带你们这位小兄弟去取钱，我们在这儿当人质，你觉得怎么样？"

领头拿开手枪说："我看成嘞。"

陈默从兜里掏出钱包，抽出银行卡，抬眼对领头说："哥们儿，麻烦您往后退两步，我给他说一下密码。"

领头说："对，密码要保护好，你们说，我不听。"说罢便向后退开两步。

"王烨。"陈默对他耳语,"他们的枪可能是假的,我说可能是假的,但不确定。不过,这些人肯定不是职业绑匪,你不用怕。现在你开车带那小子进县城,想办法让他对你放松警惕,然后见机行事,明白吗?"

"那你们怎么办?"

"没事,你快走。"

"不行。"

陈默投出一个坚定而不容置疑的眼神:"相信我,我是唱摇滚的!"

王烨喘着粗气,双目圆睁,痴痴地望着陈默,最后微微点头,从地上爬了起来。

领头过来问:"你这密码咋这么长啊?"

"我这是高级卡,十八位密码,这小子记性不好,才记住。"

小个子上前问道:"你为啥不给他发短信嘞?"

陈默笑说:"假如手机丢了,密码不就被人偷了嘛!"

"你怂娃不懂,人家说得对,那密码能往手机里乱发吗?"领头对小个子说,"你不管这些,赶紧跟这货取钱嘞。"

领头又对王烨说:"我劝你老实点儿,要不然你这些人,我一个一个全毙嘞!记哈没?"

"记哈了。"

"等等!"大个子喊道,"让他们把东西卸下来,咱们听一阵子秦腔啥。"

"也对。"领头说,"不然闲着干啥?"

在一阵发动机轰鸣中,车开走了。两个悍匪坐在沙丘的阴凉里,望着面前四个老男人摆开了摇滚的架势。由于地势不平，吴飞给架子鼓下面垫上了碎石，雷原把吉他、贝斯和麦克风都连在了便携式音响上，又将音量调到最大。

雷原小心翼翼地对陈默说："你大声唱，闹不好能引来附近的村民。"

领头见几个老男人眉来眼去，嘴里嘀咕着什么，便挥枪喊道："都干啥嘞？赶紧唱！"

"陈默，唱哪首？"楚哲问。

"《别去糟蹋》！"

一段金属感十足的电吉他 solo 在这片广阔的戈壁上盘旋拉起，那悠长而深邃的音符宛若飞箭，绵延不绝地射向蔚蓝的天空，撕开了巨大的云朵。浑厚的鼓声为果决的旋律撑起了坚硬的骨头，就像一个巨人从沉睡中苏醒，然后狂奔起来。

在贝斯持续的低鸣中，陈默手握麦克风，大声唱道：

……

没有寂静的日子，寂静的夜

人们的神色显得紧张

手中紧紧握着枪

起伏的胸膛

眼中是绝望的目光

（坐在陈默对面的大个子问道："哥，这怂们唱的是啥呀？好像跟秦腔不一样嘞？"领头敷衍了事地说："唱啥还一样？"）

没有欢笑的脸庞，和平的景象

战火把人们推向死亡

一切破碎的梦想

破灭的希望

人们已如此的疯狂

（吴飞的架子鼓似乎掀起了异常坚硬的气浪，宛如巨石坠地，陈默狠狠扫下琴弦，大声吼唱。）

别去糟蹋！

他们的家

别去枪杀，那些无知的娃娃

（就在此时，远处的沙丘上突然出现一片羊群，一个留着山羊胡的老人，在不停地眺望中掏出自己的老年手机，拨通后喊道："快，给村里人都说一哈，村西口这边唱戏着嘞！"）

流着泪，说不出一句话

有谁能够去做出回答

别去糟蹋！

他们的家

（陈默加重了嗓音的分量，每一字都铿锵有力，在这沟壑纵横的戈壁上，显得无比霸道而彪悍。）

别去枪杀，那些无知的娃娃

流着泪，说不出一句话

有谁能够

去做出回答——哎

（陈默的吼声在狂躁的撕裂中拔地而起，宛如空浪形成的炮弹在半空炸裂开来。）

领头悍匪竟然情不自禁地放下手枪，鼓起掌来，大个子看了领头一眼，也识趣地拍了几下。间奏开始，雷原的手在吉他上猛烈地飞驰起来，每一个音符都坚硬而冷艳。四个老男人似乎忘记了自己的处境，就像站在演唱会舞台上，纵情炫技，雷原随节奏狂摆身体，走过去和陈默靠背而立，不时将吉他举过胸口，恨不得揉碎的样子。

　　不知何时，一群羊稀里哗啦地走了过来，将陈默等人团团围住，随之而来的还有几十个村民，有男人女人，有老人孩子。

　　四个老男人根本没在意眼前出现了扭转乾坤的局面，只听陈默再次开口唱道：

　　……

　　没有安睡的地方，四处躲藏

　　善良的人们又能怎样

　　往日自己的故乡，和平的天堂

　　如今却如此的凄凉

　　（匪徒见状，顿时慌作一团，站也不好，坐也不是，连忙转身面朝土丘蹲了下来。大个子说："哥，这可咋办？"领头说："别转头，就当啥也没看见。"几个孩子一见匪徒脸上的面具，便对身边的大人喊道："爸，就是他们抢了我们的面具和玩具枪。"五六个庄稼汉走过去将匪徒围起来，其中一人喊道："你们干球啥的？为啥要抢娃娃的东西？"）

　　……

　　别去糟蹋！

　　他们的家

　　别去枪杀，那些无知的娃娃

流着泪，说不出一句话

有谁能够

去做出回答……哎

（陈默用尽全力，将这最后一声呐喊喷射出来。艳阳之下，
村民们都能看到他颈上的青筋爆胀，面目通红。那沙哑而苍茫的
吼叫，随着一声声架子鼓的轰鸣不断爬升，响彻环宇，让蔚蓝的
穹顶都好像更加辽远而深邃。放羊的老者问身边的年轻人："这
是啥吗，咋听着不像唱戏嘞？"年轻人笑说："爷，这不是唱戏，
这是摇滚乐。"老者眯耷着眼问："摇滚乐？那是啥吗？"年轻
人又说："就是一种特别好听的流行歌，有点儿像，有点儿像秦
腔里的吼嘞。"）

……

放下你手中枪

睁眼去望一望

你面前是人类的故乡

放下你手中枪

去想一想

如果是你又会怎样……说！

……

在这声洞彻心扉的吼叫之后，人群里响起了此起彼伏的掌声。
村里几个大人扯下了两个绑匪的面具，然后将他们抓到老者面前
说："村长，这两个怂人抢娃娃的玩具，你说咋弄嘞？"

老者往两人脸上一端详，说道："铁汉，你跟你弟弟啥意思？
为啥要抢娃娃们的玩具嘞？"

摘下面具的两个绑匪面容黝黑，一脸堆笑，演出结束的陈默放下吉他，穿过羊群，却听领头绑匪铁汉说："村长，我们跟娃娃耍呢嘛！"

"耍呢？"村长说，"耍呢你就抢东西呢？那娃娃的玩具值几个钱吗？村里咋有你们这样的怂？你儿子还在医院躺着哩，你还有心跟娃娃们耍嘞？"

陈默看见身边两个孩子戴上了孙悟空面具，手里拿着那两把"手枪"在跟前转来转去，便拍了拍村长说："叔，您好，您是这儿的村长吗？"

村长转头笑道："你们是哪个村的表演队啊？唱得好嘞！"

陈默笑说："我们是北京来的。"

老者一听，满脸惊奇道："哎哟，那么远跑来的，是下乡表演吗？"

"对，就是下乡表演。"陈默指着领头绑匪说，"叔，你说这个人，他儿子怎么了？"

"这怂，他儿子有白血病。"

此时，楚哲雷原等人先后走了过来，只听吴飞一脸懵然地问："这两个抢劫犯怎么了？"

"抢劫犯？"村长略显惊讶。

陈默偷偷给吴飞他们使了眼色，然后对村长说："抢孩子玩具，算不上抢劫犯。"

村长说："铁汉，没事多去医院看看你们家娃，你老婆成天在医院守着嘞，你还有时间在村里瞎晃。"

铁汉笑着点头，眼眶里却闪着泪花。

村长转头笑问陈默："你们还唱不唱了？"

115

人群里接二连三地喊道："再唱一个呗……唱得好听嘞！"

陈默双手合十，举过头顶喊道："谢谢父老乡亲，今天表演到此结束了，谢谢大家捧场！谢谢！"此话一出，人群在一阵沸沸扬扬的尘土中渐渐散去。

老者最后瞥了铁汉一眼，没好气地说："这么大人了，我咋说你好嘞？"于是摇了摇头，转身离开了。

陈默对雷原他们说："把东西收拾收拾吧……铁汉，你跟我来。"

两人向土丘后走了一段，这个年纪五十上下的铁汉面带羞愧，说道："兄弟，谢谢你在村里人面前给我留张老脸。"铁汉说，"我给你跪下了。"

"哎哎哎……"陈默连忙扶住要下跪的铁汉，"不至于，不至于，你现在赶紧打个电话，叫你们那小子把车弄回来。"

"好。"铁汉拨通电话，喊道，"羊娃，你赶紧把车送回来，快！少废话。"

陈默掏出香烟，给铁汉发了一支："拿着吧，别不好意思。"陈默说，"孩子在医院，需要钱吧？"

"嗯。"铁汉眉眼低垂，不敢直视陈默，"我把你们对不住得很，娃那个病，化疗了几次，把家里掏空了，亲戚也借不出来，我实在想不着别的办法嘞，这才把你们给抢了。"

陈默望了眼站在身后的大个子："这是你弟弟吧？"

"对，这是我弟弟，那个羊娃是我弟弟的娃。"

人群和羊群渐渐消失在陈默视线里，雷原他们把乐器设备全都搬进土丘脚下的阴凉里，然后蹲在旁边抽起烟来。他们已经知道了这场突如其来的抢劫其实是一场彻头彻尾的闹剧，于是谁也不在意，更没放在心上，他们更在意的是刚才那首歌里存在的技术问题，因此你一言我一语，轻松愉快地探讨着。

铁汉说："你要是报警，让他们抓我一个，把我这弟弟跟侄子放了，行不行？"

陈默笑道："我不会报警，你放心吧。但是，千万别再为非作歹，抢劫路人，能做到吗？"

"能嘞！我把你谢谢啦！"铁汉又要下跪，再次被陈默制止，就在此时，隐隐听到了汽车发动机的轰鸣，顺声望去，房车回来了。

车门打开，羊娃拿枪顶在王烨脑袋上一路走来，见铁汉没戴面具便问："伯，你这是咋了？"羊娃晃头一看，感觉情况不对，于是用枪头狠戳王烨太阳穴，喊道："你们都别动！否则我开枪毙了他。"吓得王烨又哭嚷起来。

铁汉向陈默做了个道歉的姿势，三步并作两步，跑过去一巴掌拍在羊娃脑袋上："滚球！"

羊娃疼得直喊"哎呀"，倒在地上喊问："伯，你这是咋了吗？"

"闭嘴！把面具摘了，把手枪给我，快给我。"

楚哲他们站在远处哈哈大笑，雷原指着王烨说："你们看王烨，吓尿了吧？"

陈默对雷原喊道："行了，把东西搬回去吧，咱准备出发。"

雷原上前跟王烨大概说明了情况，一脸呆萌的他才恍然大悟。陈默对王烨说："你有没有办法，能帮他们筹些钱，给孩子看病。"

王烨定了定神，抹泪说道："网上有众筹平台，把孩子的病例和身份证明传上去，经网站核实就能筹到钱。"

铁汉说："这个我不懂，羊娃，你懂不？"

王烨对羊娃说："你有手机吗？我教你。"

坐在车上，王烨把筹钱的流程给羊娃讲了三四遍，羊娃大概弄清了来龙去脉，王烨说："你申请好了给我打电话，我会在朋友圈里帮你转发，应该很快能筹到一大笔钱。"

铁汉三人千恩万谢，就在陈默一行驾车离开时，铁汉对陈默说："兄弟，等孩子好些，我一定去北京看你。"望着汽车开动起来，铁汉在车后大喊："兄弟，你唱歌是这个！"陈默隔着后视镜一看，只见铁汉站在阳光里，骄傲地将大拇指竖过头顶。陈默也把手伸出窗外，竖起大拇指以作回应。

汽车再次驶上笔直的公路，王烨猫在座位里，害羞得抬不起头。

吴飞说："小孩儿，怎么了？还哭呢？"

王烨缓缓抬起脑袋，感概道："难道你们都不害怕吗？"

"当然害怕，谁不怕死！"雷原说。

"那你们怎么那么淡定？"

雷原一本正经道："小孩儿，你知道什么叫默契吗？"

"就是彼此不说话也能明白对方的意思。"

"哎，就因为这个。"

"这小孩儿！"吴飞对陈默笑说，"你以后领经纪人出来，能不能带些尿不湿啊？"

几个老男人一路拿王烨开涮，甚是欢喜。

夕阳西沉，大漠一片金黄，祁连山脉巍峨起伏，所谓"大漠孤烟直，长河落日圆"，也大致如此罢了。汽车终于抵达敦煌，这是一座位于中国西北边陲的沙洲小镇。一千多年前，这里汇集了来自亚洲和欧洲的货物、文化、语言和文字，是"丝绸之路"上一颗璀璨的明珠。

第十二章

　　在主办方和当地旅游局的热情招待下，五个人在酒店吃吃喝喝，然后好好睡了一觉。第二天，他们和本地乐手进行了一天排练。第三天一早便驱车开往鸣沙山。下午两点多，主办方已在月牙泉畔搭起表演台，许多歌手的房车清一色码在停车场里。

　　王烨从主办方手里拿来音乐嘉年华敦煌站的演出节目单，发现在列者大多是不知名的歌手。下午三点半，陈默第二个登上舞台。夏日的鸣沙山，游客众多，远处的沙丘上，不时有一列列骆驼载着游客漫步而过。头顶艳阳高照，天蓝云飞，沙地表面，炙热的空气蒸腾而起，干热难耐。即便如此，当这四个独领风骚的墨镜老男人登上舞台，立马就吸引了众多游客驻足观看。

　　王烨捧着摄像机，和主办方的摄像师站在一起，做了全程记录。

　　陈默对麦克风吼道："我们是抗衡乐队，朋友们，都跳起来吧！"

电吉他毫不犹豫地划破长空，一连串爆裂的鼓点仿佛引发了远处的沙崩。在陈默的嘶吼中，五首经典歌曲掀起了一波又一波呐喊和尖叫的高潮，有些年轻小伙甚至赤裸上身，露点奔腾，手握着短袖举过头顶，在蓝天里挥舞搅动。

表演结束后，台下喊起了陈默的名字，许多观众跑来索要签名，这让陈默甚是惊讶。在这西北一隅，竟有这么多人记得自己，真是出人意料。几个同来演出的不知名歌手也挤进人群，让陈默在他们乐器上留下字迹。

"看到了吗？摇滚没死。"陈默对王烨得意一笑。

走出月牙泉景区，王烨接到主办方的电话，说假如陈老师有兴趣，可以去参观敦煌莫高窟，只要出示嘉年华的演出证，就能免费参观。

"当然要去！"楚哲说，"那可是千年营造。"

一行人走进莫高窟景区，在门外请了一位漂亮的女导游，便开始了莫高窟之旅。听导游说，因为许多壁画需要保护，所以部分石窟不对外开放。

导游站在石窟的壁画前说："公元366年，一个名叫乐尊的和尚途经此地，看到远处三危山万道霞光，以为佛祖显身，便在此开凿石窟，这就是莫高窟的由来。墙上这些壁画，叫作'经变'。浅而言之，就是把佛经中的故事用壁画的形式呈现出来。"

"这些壁画技艺非凡，作画者应该都是声名显赫的大师吧？"王烨问道。

导游笑意盎然："您说对了一半，他们的确是大师，却都是无名大师。"

"无名大师？"陈默不解，"什么意思？"

"历史上，居住在敦煌的本地人，无论平民百姓，还是达官显贵，大多信奉佛教。他们热衷于花钱在莫高窟开窟，供养佛法。既然要开窟，自然需要画匠。那些来自天南海北的画师，大多因战乱流离失所，他们来到敦煌，便以作画为生，世代相传。他们过着清苦的日子，眼中没有名利，没有纷争，只有这一方小小的石窟和一盏青灯，供他们日夜不息，用画笔描绘着脑海中的极乐世界。"

"妈呀，投入这么多时间和精力，创作出这么辉煌的壁画，就为混口饭吃？最后还落个无名大师？有意思吗？"王烨百思不得其解。

陈默说："你觉得，他们会在意你在意的那些东西吗？"

"在他们眼里，俗世凡尘，或许云烟而已。"导游说，"他们对生活的态度，就像他们笔下的佛祖，拈花一笑，宁静安闲。"

"是啊，人这一生，想太多有什么用呢？不如放下过往，得一自在。"楚哲轻拍陈默，问道，"你说呢？"

"也许吧……"

离开莫高窟，回到敦煌时天已黑透。在这大漠之外，头顶的星星显得格外宁静而明亮。那些千年前的画匠，是否在莫高窟外，也经常仰望这漫天繁星呢？陈默独自一人，站在酒店阳台上，陷入了久久的沉思。

就在此时，电话响了起来，是陌生号码。

陈默接通道："喂，你好，我是陈默。"

"陈老师，打扰您啦，我是帕克拉夜店的老李，您还记得吗？"听陈默没有说话，那人又说，"就是您打人的那家夜店！"

"哦！想起来了。"

"我想花钱请您帮我个忙。"

"对不起，我不感兴趣。"

"等一等陈老师，求您听我把话说完。"

陈默把电话重新放回耳边。

"我妻子美雪您还有印象吧？这些天她病情加重，在医院治疗，她说想见见您。"

在陈默脑海里，恍惚闪过了那位中年女人苍白的笑脸："不好意思，我在外地。"

"这样啊……"李老板像是犹豫了片刻，然后吞吞吐吐地说，"假如……假如可以的话，能不能请您回来一趟，实在对不起，我知道这很冒昧，但……"

陈默未等对方说完，便道："请别再打扰我，再见！"

"你怎么会这么冷酷无情！"李老板隔空喊道，字句之间激荡着内心的悲切，"对于一个一直喜欢你的人，在她临死之前，这一点小小的要求难道你都要回绝吗？是啊！对于你，这可能不算什么，但对于她，很重要，很重要，很重要，你明白吗？你要钱是吗？要多少？只要我有，都给你！"

陈默怔怔地望着头顶的星空，一时无言，想了想，最后淡淡地问，"知道了，在哪家医院？"

"协和，在协和！"

"好的，把病房号发我手机里，我马上来。"

"谢谢您！"男人在电话那头抽泣着，"谢谢您，陈老师。"

挂了电话，陈默走出自己的房间，穿过回廊敲响王烨的门。睡眼惺忪的王烨开门一看，问道："怎么还没睡啊？"

"帮我订张现在回北京的机票。"

"干吗去？"

"有事。"

"哦，你进来吧！"王烨拿起手机，翻找半晌，"最早一班敦煌飞北京，明早十一点零五起飞。"

"有没有更早的？"

王烨摇头道："没有了。"

"就这个吧。"

"好。"王烨边操作手机边问，"那你去几天呀？"

"当天返回。"

"这样的话，你回来的时候直接飞兰州，我们在那儿会合。"王烨灵机一动，"或者直接飞拉萨，你在那儿等我们。"

"我在兰州和大家会合。"陈默起身离开，"休息吧！"

随着"啪"的一声门响，陈默消失在了走廊里，王烨这才发现，即使在绑匪面前，陈默也未曾显露过方才那心乱如麻的神色，到底发生了什么？王烨想知道，也很想帮他，但从刚才那一番谈话里，王烨又觉得，还是不问为好，因为陈默似乎压根儿没打算告诉任何人。

第二天一大早，陈默独自一人悄悄离开了，其余三个老男人发现陈默失踪，急得在地上团团转，他们挨个打电话给陈默，但不是关机，就是正在通话中。

见王烨睡意阑珊地把脑袋伸出门外，雷原便问："小孩儿，陈默呢？"

王烨揉眼说道："他回北京了，没告诉你们啊？"

"回北京了？"吴飞百思不解，"干吗去了？"

敦煌下起了牛毛细雨，几乎刚刚落地便蒸发殆尽。坐在舷窗一侧的陈默，望着银色机翼缓缓穿过巨大而厚重的云层，不禁思绪万千。机身在一阵颠簸后，开始了平稳飞行。冷艳高挑的空姐送来了微波加热的汉堡包，就着矿泉水草草吃了几口，陈默便怔怔望着窗外，那浩瀚无垠的苍穹宛若巨大的蓝色屋顶，不远处的祁连山脉直耸云端，宁静透迤，就像一个趴在地毯上熟睡的巨人，显得那么陌生，和那个躺在病床上的女人一样陌生。

　　多少年来，陈默离群索居，颓废孤寂，除了为生存而进行必要社交，他几乎对任何人都冷若冰霜，因为在他眼里，人们都变了，变成了机器，散发着冰冷的金属光泽和金钱的味道，面对机器，他能说什么呢？那个梦里的情景，怕是不会重现了。他为自己的幻想和执着付出了代价，这包括他的健康、幸福的家庭和与母亲的天伦。在羞耻和惭愧中，他不断逃避过去，破罐儿破摔。

　　飞机上，空姐站在远处说着什么，陈默合起双眼，决定小憩一下。

　　两个多小时的行程转瞬即到，飞机开始向下滑行，降落在首都机场。陈默戴起墨镜，在机场外乘出租车，向协和医院一路驶去。今天的北京，天幕湛蓝，一群鸽子携风哨飞过死寂的高楼大厦，仿佛想唤醒些什么。

　　在协和门前下车，陈默掏出手机，看了眼李老板发来的病房号，便向住院大楼快步走去。进入肿瘤内科的病房区，这条干净明亮的走廊里，弥漫着来苏水的味道。几个穿着病服的患者，在家属搀扶下来回踱步，神情颓靡。护士们步履匆忙，眉头紧锁，辗转于各个病房之间。陈默知道，在这里，在每一扇门后，都有一位死神站在窗前，一边看着悠然的风景，一边等着自己期待许久的胜利。

　　陈默小心翼翼地推开了507病房的大门，一位护士赫然出现在他眼前，陈默笑问："您好，我想问一下，是不是有个叫美雪的病人住在这儿？"

　　"美雪？"护士拨了拨额前的刘海儿，口罩上方的眼神略带沉思，"你说的那张床上的病人吗？"

　　"十八号床。"

　　"那就对了，她昨天夜里去世了。"

　　陈默两耳轰然一声，视线恍惚跳过护士肩头，木然地望着那张干净整洁的空床。此时此刻，阳光洒在雪白的床单上，时间就像静止了一样。他忽然想起那个夜里，在那家打人的夜店，这个叫美雪的中年女人站在圆桌前，张开双臂楚楚地请求自己再抱她一下的样子。陈默甚至还记得，美雪在自己耳畔，用近乎少女的口吻对自己说：谢谢你！加油哦！

　　"去世了？"陈默嘴角抽搐了几下，眼角不觉间湿润起来。

　　"是啊？你是她朋友吗？"

　　"……是！"陈默眉眼低垂，轻轻点头道，"我是她朋友。"

　　"那你联系他的家属吧，这里的病人还要休息，你就不要再打扰了，谢谢配合。"

　　陈默偷偷拭去眼角的泪，小声道："知道了，谢谢。"

　　走出住院大楼，陈默掏出手机，拨通了李老板的电话："喂，我是陈默。"

　　"陈老师，对不起啦，美雪……"

　　"我知道，你不用说了。"

　　"您去医院了？"

"嗯。"

"实在对不起，把您大老远地叫回来。"

"没关系，你好好送她一程吧，再见。"

"等一等！陈老师，美雪有东西要给你，要是方便的话，请在医院门前等我。"

"好吧，那我在这附近一家咖啡店等你。"

这是一家装修简约的咖啡店，没有舒适的沙发，只有古铜色的木桌和椅子。人不多，放着清澈如水的钢琴曲，桌上的花瓶里，有新鲜的白玫瑰，不妖不艳，幽香扑鼻。陈默靠窗而坐，呷了口咖啡，望着窗外车水马龙、夏日炎炎，心里云淡风轻、水波不兴。

二十分钟后，李老板来了，他手提一只蓝色纸袋，在陈默对面落座。说起美雪，他面带哀伤，眼神迷离："我也没想到，她会走得这么快。"他微微一笑，"无论如何，还是要谢谢您，陈老师。"

"节哀顺变。"

李老板点头道："这是她要我给你的。"李老板把纸袋往陈默面前一推，"我就不坐了，葬礼的事情还需要商量，麻烦您了陈老师。"他起身后，不禁"啊"了一声，然后从裤兜里摸出一只信封，"这里有一万块钱，算是我给您报销机票，请务必收下。"

陈默起身回绝，但李老板表情坚毅："您不收下，我会内疚的。"他将钱放在桌上，向陈默鞠了一躬，便转身离开了。

陈默坐回椅子，望着眼前的蓝色纸袋，一时不知所措。他一口将咖啡喝干，然后拿起纸袋，伸手取出一本八开大小的塑封笔记本。封面淡蓝透明，印着一片片零落的叶子。打开封面，第一页用黑色墨水赫然写着：我和陈默的故事！

第二页上方，贴着陈默第一张专辑的磁带封面，由于封面对折的缘故，在纸上显得有些起伏。封面下写着："1986年，夏花之前，美雪失恋了，人生第一次恋爱竟如此草草收场，像一场易过的电影，我哭了很久，难过了很久。从没想过他会和我分手，一直以为，我们会永远在一起呢！喜欢听这张专辑里的《走开》。"

第三页贴着陈默第二张专辑的封面："1987年，23岁的美雪又恋爱了，但还是会想起他。听说，他结婚了，希望他能够幸福。非常喜欢《摇滚的鸡蛋》，专辑里每首歌我都会唱，陈默越来越红了，加油！"

第四页贴着一张背景昏暗的照片，闪光灯里，一个扎着马尾面容清秀的女孩骑在一个戴眼镜的少年肩头，笑容灿烂："1987年秋，天气还很热，去听陈默演唱会啦！因为看不见，所以很着急。照片里，上万人正在合唱《姑娘给我你的手》，李可对我说，他会爱我一辈子。"

第五页："1989年盛夏，美雪和李可结婚，其实我并没这个打算，但对于25岁的我，家里很着急。婚礼那天，初恋也来了，听说他醉了，也哭了。人这辈子，也许只有后悔过，才算完整的人生吧！陈默第三张专辑《永不妥协》，依旧好听。"

第六页："1991年，美雪和李可有了孩子，男孩，可爱至极。但他吃奶的时候，会经常吸疼我，真希望他早早戒掉。这是陈默第四张专辑《开天》，李可在唱片店守了一天才抢到的。听人说，陈默认识了一个跳舞的女孩，希望他们真心相爱。"

第七页："1992年，李可要下海经商，家里反对他辞掉工作，但我支持他。他是个有理想的人，即便血本无归，但只要活着，他就会想尽办法，努力地活下去。陈默第五张专辑好像懒洋洋的，似乎丢了许多坚硬的东西，但还是喜欢他。"

第八页："1994 年，我居然 30 岁了！真是难以想象。过几天孩子要送幼儿园，他长得真快啊！李可生意做得不错，但老是心事重重的样子，不知道怎么了。陈默第六张专辑《软弱无能》，听上去有些郁闷，还有点靡靡之音的感觉。不过听说他结婚了，算是个好消息吧，祝福他。"

第九页："1997 年，李可终于承认了他外边有人。他要我原谅他，我该怎么办呢？爸爸去世了，我很难过，总是梦见小时候，他牵我去买冰棍儿的黄昏，路上的人总是那么少。我的人生似乎跌进了低谷，真是无可奈何。陈默出了第七张专辑《倔强的脸》，时隔四年，又听到了曾有的激情，请一直倔强下去，不要被流行歌曲打趴下。"

第十页："2000 年，一切都稀松平常。上班下班，给孩子做饭，这样的日子似乎看不到边。希望孩子快快长大，快快独立，我真想去外面的世界看一看。李可比从前更关心我了，我认为他没必要因为愧疚而这么做，但他却说，他爱的是我，叫我不要记恨他。陈默出了第八张专辑，是精选辑，都是老歌，他满脸胡茬的样子很性感呢。不过他离婚了，为什么呀？难道是外边有人了？真是这样的话，我会开始讨厌他。"

第十一页："2005 年，李可满世界炒房。美雪的初恋因为车祸，高位截肢，听说他老婆天天跟他闹离婚，为他感到难过。孩子的学习成绩不断下滑，补习也无济于事，他对我说，他不喜欢上学，他要像他爸爸那样，做一名了不起的商人。我发现，这孩子喜欢炫耀，我非常担心。陈默出了第九张专辑《咆哮》，去了几家唱片店才买到，老板说，现在都听 MP3，磁带、CD 卖不动了。回家后，我满心期待地拆开来听，但每首歌都有种魂不附体的感觉，准确来说，是犹豫、彷徨、软弱无力和心不在焉。陈默，你怎么了？"

第十二页没有专辑封面，这在陈默意料之中，因为《咆哮》是他最后一张唱片。纸上，贴着一张背景明亮的照片，那是陈默和美雪的合照，照相时间，正是陈默打人的那天夜里。照片下的字迹，变得圆润松垮，好像丢了精神："2017 年，美雪的病越来越重，按理说生老病死，自然法则，本来没什么好抱怨的，但我心有不甘，毕竟世界那么大，我还没好好看过呢。今天，是我最最开心和难忘的一天，为什么呢？因为我见到他了，我见到他了，我见到他了！我的偶像陈默，我做梦也没想到会有今天。我要了签名，我要了拥抱，哈哈哈哈哈，我的人生还有什么遗憾呢？他看上去有些疲惫，也老了许多，眼袋很重，但还是痞痞的、一脸无所谓的样子。许多年前我爸问我，你桌上都是他的磁带，你喜欢他什么呀？我说，我就喜欢唱摇滚的一脸坏相的胡同串儿。只不过现在，他成了唱摇滚的老胡同串儿。我问李可，陈默的演出费多少，他说一千，我心里挺酸的。但又一想，还是为他感到骄傲，没别的理由，因为他叫陈默！"

写到这儿，美雪的字迹已变得模糊不清。再往后，一片空白。蓝色袋子里，好像还有东西，仔细一看，原来是封信。

陈默，展信微笑

写这封信是想告诉你，不要在意别人怎么说，地下道也好，夜总会也罢，只要唱摇滚，怎么都成。看网上有人骂你炒作，我很生气，炒作怎么了？炒作也要有东西炒吧！我希望你不会在意这些是是非非，好好生活，好好唱歌，赶快从抑郁里走出来，享受自己的人生。

你看，我有时候觉得，人生是有剧本的，很不幸，我的剧本很糟糕，没有起伏，没有波澜，在无声里开始，在无声里谢幕。你不同，你的剧本很精彩，那么跌宕那么宏大那么苍茫不羁，你要好好演，努力演，人生的奥斯卡小金人在等你，明白吗？

我一直都在梦想，从一个晴朗的清晨出发，唱你的歌，走走停停，在世界不同的角落，读书看云，饮酒听风，那些人少花多的旅馆，不适合伤感，适合说晚安。可遗憾的是，我走不动了，时间也越来越少。所以我想说，想做什么就去做，在短暂易逝的生命面前，许多事情，不必纠缠。

还记得你在1987年演唱会上，举着"魔鬼之角"喊什么吗？你说：青春万岁！摇滚万岁！

你做到了吗？

第十三章

当天夜里，陈默回到兰州与众人会合，雷原等人吵嚷着要去正宁路夜市烂吃一通，但陈默车马劳顿、疲惫无神，只说不去。

站在路边等车的空当儿，王烨对吴飞说："你们去吧，我突然想起一事儿。"

回到酒店，王烨敲开陈默的门，一股泡面味儿扑鼻而来。

陈默问："你怎么没去？"

王烨笑说："我也想吃泡面，能不能给我来一碗？"

两人坐在圆桌前，"嗖嗖"地吸着泡面，王烨见陈默若有所思的神情便问："怎么了？北京那边出事儿啦？"

"没有。"

"那你干吗闷闷不乐的？"

"没有啊？我怎么闷闷不乐啦？"

"反正这感觉不对。"

陈默从旁边盒子里扯出抽纸，擦了擦嘴："假如有个女孩，一直听你唱歌，从二十岁听到五十岁，你什么感觉？"

王烨想了想："那相当幸福啊！对于歌手来说，幸福就是唱歌的时候，永远有人在聆听、在感动、在怀念，不是吗？"

陈默点了支烟，说道："其实你这小孩儿挺文艺的，也不是满脑子钱嘛！"

"跟你们在一块儿谁敢聊钱啊？那不自寻短见吗？"王烨咂巴着嘴，"哎！方便的话，能不能问一下，你去北京干吗了？"

"不能！"

"好吧。"

"视频传上去了？"

"哪个视频？"

"就咱们这一路的所见所闻啊！"

"哦。"王烨拿纸擦嘴道，"我今天晚上剪出来，快些今天传，慢些明天，点击率肯定没得说。还有，你知不知道你今天又上头条啦？"

"我怎么了？"

"你们站羊群里唱歌被人录下来，传网上啦。"王烨拿出手机，"你看，摇滚巨星乡村秀。'近日，曾红极一时的摇滚巨星陈默继打人事件与地下道炒作事件之后，再次发力，放出雷人视频。画面中，陈默和几个乐手站在羊群中，演唱了经典歌曲《别去糟蹋》，现场一时激情澎湃，掌声雷动，在这帮群众演员的渲染下，无数网友纷纷笑哭。这样的炒作方式，在娱乐圈堪称独树一帜，空前绝后，记者认为这绝对算得上本年度最佳炒作视频。'"

"真是无心插柳柳成荫啊！"

"你看看，转发八万，点赞十二万，评论六万多。有些当红歌手还出来骂你，说你晚节不保、作茧自缚。还有人认出楚哲了，他微博都爆了，全是骂他炒作的，你看这网友，'一个金牌音乐制作人，用音乐的方式告诉我们，炒作，原来可以如此丧心病狂'，还有，'年纪大了，给自己挣点儿医药费，小丑也是人，身体也会病，好吗？'后面还有更难听的，你看……"

"楚哲知道吗？"

"当然知道啦，今儿一早还发微博反击呢！"

"怎么说的？"

"他说，我炒作的初衷，和你们是一样的，那就是闲得蛋疼。"

陈默眯眼盯着王烨的手机说："要不我也注册一个号，上去澄清一下？"

"老哥，你疯了吗？你想澄清什么呀？澄清你不是炒作，是真爱摇滚？"

"不行吗？"

"你饶了我吧好吗？你觉得有几个人会信你？你一澄清，立马有人说你装情怀你信不信？"王烨说，"你知道这一下，你原来那唱片公司挣多少钱吗？据不完全统计，就一个音乐网上，《姑娘给我你的手》这首歌，昨天一天播放量就突破一百一十万次。《摇滚的鸡蛋》突破一百三十万。对于过气歌手……"

"嗯？"

王烨满脸堆笑："别生气别生气，我让网友给带跑了。对于一位曾红极一时的摇滚巨星，这简直是逆天啊，老哥，你这事业要迎来第二春啦！"

"要不然……"陈默面露为难，"视频还是别传了，我不想因为我，把哥儿几个名誉全毁了。"

"他们说了，他们支持你，别人怎么说，他们无所谓。"王烨一副若无其事的样子，"再说，清者自清，咱又没炒作，是他们自己在炒，没必要往心里去。"

送走王烨，陈默满脑子都回响着那些说他炒作的声音。他感到了空前的压力，自己做梦也没想到，本来好好的演出，竟被网络的巨潮推向了难以预料的方向。在人们眼里，他的确像跳梁小丑，或是动物园的猴子。在那个画面里，他越是一本正经地唱歌，就越是滑稽可笑。

最后的最后，一首摇滚经典变成了一条新鲜的娱乐新闻。网络源源不断地制造着博人眼球的娱乐话题，但对于城市里的人来说，却远远不够，他们需要的快乐、需要的发泄、需要的猴子表演，永远都那么欲壑难填。消费娱乐，这就是潮流，没什么不对的地方，只不过透支的精神资源，让许多人都饥渴难耐，嗜痂成瘾。

坐在床边，陈默产生了放弃的念头，因为他突然发现，娱乐就像癌细胞，正在以难以抗衡的趋势向自己的精神扩散。再唱下去，人们除了把自己和兄弟们当笑话看，还会有什么呢？总有一天，笑话不再新鲜，人们还会变得厌烦，到那时，自己对摇滚造成的伤害，也许是难以估量的。

陈默点了支烟，静静地坐在温暖的灯光里思考着未来，他自言自语道："别再当笑话了，还是放弃吧！"

就在此时，电话突然响起，是陌生号码。

"喂，我是陈默。"

"陈老师，我是李可，您安全抵达了吗？"

"哦，李老板，我已经回来了。"

"那就好，那就好。"

陈默转头望向桌上那只蓝色的纸袋说："美雪……火化了吗？"

"嗯，已经拿到骨灰了，我准备明天去开证明，等一切妥当，我会带着美雪的骨灰去周游世界。也许您知道，这是她的梦想。"李老板说，"挺对不住她的，总想着多挣些钱，再挣些钱，总说着过几年，再过几年，总觉得风景一直等在那儿，又不会跑掉……"

李老板有些哽咽："算了，说这些已经没有意义了，答应她的，我一定做到，虽然有些迟了。打这个电话，还是要谢谢您。"

"不用客气。"

"那就不打扰了，陈老师，加油！"

"谢谢。"

挂了电话，陈默陷入了难以自拔的寂寞，他怔怔地望着那只蓝色纸袋，耳畔仿佛响起了美雪少女般的腔调："青春万岁！摇滚万岁！"

为什么要放弃呢？陈默扪心自问，正如美雪所说，生命短暂，又何必纠缠于那些无关紧要的是是非非呢？世人的眼光与我何干？自己呐喊的青春万岁，摇滚万岁，难道还敌不过那荒唐可笑的流言蜚语吗？

陈默起身走到桌前，从蓝色纸袋里抽出那本《我和陈默的故事》，翻开，躺在床上念了起来："1986 年，夏花之前，美雪失恋了，人生第一次恋爱竟如此草草收场，像一场易过的电影，我哭了很久，难过了很久。从没想过他会和我分手，一直以为，我们会永远在一起呢！"陈默微笑着，眼角不时有几滴泪默默滑过，"1987 年秋，天气还很热，去听陈默演唱会啦！因为看不见，所以很着急。

照片里，上万人正在合唱《姑娘给我你的手》，李可对我说，他会爱我一辈子……"

陈默长长出了口气，脑海里回忆了一下，然后放声唱起来。

……
姑娘给我你的手
你的手那么温柔
即使穿过我胸膛
来吧这是给你的心脏

姑娘给我你的手
给我你最冰冷的问候
假如岁月是下了毒的酒
我愿意陪你喝到最后
……

第二天，陈默一行又出发了，汽车缓缓驶出兰州，爬上高速公路，向青海方向一路飞驰。陈默紧握方向盘，望着窗外，蔚蓝的天空下，一面面巨大的广告牌挺立在荒凉的土丘上，显得倔强而沉稳。

吴飞敲响了架子鼓，听楚哲说："王烨，我给你的歌起了名字，叫《傻子在路上》，怎么样？想不想听听我们改编的摇滚版？"

"这名字……"王烨一脸死灰，"听听吧。"

陈默透过后视镜一望，才发现三个老男人已手持乐器，准备开唱了。

"默儿！我觉得这歌儿能火，你也听听。"楚哲又对王烨说，"小孩儿，你把这歌卖给我吧！"

"要是陈默唱，我愿意免费赠送。"

"这可是你说的？"楚哲一脸坏笑，"到时候可别哭着闹着跟我要钱啊！"

王烨有板有眼地说："楚哲，你觉得我在乎钱吗？"

众人一听，哄然大笑。

楚哲一声大喊："圆子！电吉他 solo 起来！"

……

（前奏旋律使用了副歌的主旋律，又夹杂了电吉他独特的演奏风格，令人心血澎湃。楚哲没用贝斯，而是拿着陈默的吉他扫着节奏。）

我在

沙漠流浪

（楚哲一亮嗓就惊艳了王烨，想不到这个老男人的嗓音也如此浑厚，虽不及陈默那么沙哑，但干净利落，坚硬高亢。看来金牌音乐制作人的名号，绝非浪得虚名。）

哦看见一朵白云

我遇见一个姑娘

她穿着蓝色的裙

我说我有些渴了

她给我一滴眼泪

化开了一片绿洲

我真的非常感动

（楚哲拉起音高，让嗓音里充斥了刚刚全然没有的金属感。小飞的架子鼓循序渐进，缓缓拉起了副歌到来的脚步。）

虽然是海市蜃楼

可我相信有个姑娘在哭

我猜一定是该死的爱情

它又伤了她的心

可这和我有什么关系

（嗓音忽然变得放浪不羁，的确唱出了一种无所谓的感觉。）

我的初恋早就已经离去

她说我穷得只会弹琴

她喜欢吃隔壁大盘鸡

（架子鼓节奏加快，也缓缓加强。）

我遇见一个司机

他说要带我回家去

我说至少几千公里

他说反正闲着没事情

（华丽的电吉他 solo 再次盘旋拉起，当吴飞的鼓点即将冲上云霄，三个老男人齐声开唱，感觉无比欢快。）

啦啦啦……车开啦

我们穿过沙漠和森林

穿过湖泊穿过草地

穿过东京和巴黎

啦啦啦……车开着

我们一直都在路上

看了许多喜怒哀乐

还有数不尽的天空的颜色

啦啦啦……啦啦啦

……

　　在一阵连续打镲中，歌曲落下帷幕。王烨激动得眼眶潮红，万万没想到，自己的歌给老男人经手一改，居然会好听到如此"变态"的地步，除了喜极而泣，热泪盈眶，实在没别的办法表达此时此刻的心情。

　　"小孩儿，哭什么呢？"雷原一脸的莫名其妙。

　　"好听呗。"王烨抹去泪花，连声鼓掌，"我有一朋友，他只要听见溪流声和鸟叫声就会哭。问他为什么哭，他就说好听。那时候不懂他，现在明白了。"

　　楚哲探出脑袋，问陈默："怎么样？你觉得这歌儿有戏吗？"

　　"让你们这么一改，还真有点儿摇滚的味道。"陈默说，"王烨，快给我写份歌词，我要学新歌。"

　　"没问题。"

　　"小哲、小飞、圆子。"陈默突然叫道，"我连累你们了。"

　　"干吗呢？跟谁矫情呢？"楚哲喊道。

　　"默儿，你中风了吧？就你那几斤几两，还能连累我们？"雷原说。

"你再这样我可下车走回去啦，北京也不远，我那汽车美容店生意好可着呢！"吴飞说，"不就网上那七嘴八舌的人嘛，你也至于……小孩儿，以后这事儿别老跟我们说，自己处理，成吗？"

"得嘞！"王烨点头哈腰，"这事儿我反省。"

"怎么？不说话了？"雷原望着陈默的背影，"你要感觉亏欠，就好好唱几首自己的歌，这一路竟唱别人的歌，手痒得都快发炎了。"

王烨开车的时候，已是烈日高悬的晌午，青海的天空比兰州还要澄澈许多，王烨拐下京藏公路，驶向 G109 国道，王烨说，要带大家去看看青海湖。

"你们看，那就是青海湖！"王烨惊喜地喊道。

陈默靠窗而坐，放眼望去，那无边无际的油菜花开得正好，一片金黄潋潋远泻，在蓝色忧郁的青海湖边戛然而止。辽远的湖面上，翻滚着奶油一般巨大而苍茫的云，目力所及的遥远山脉，在光影下显得青黑雄迈。几艘白色游轮像是漂在水上的纸片，影影绰绰，随风自流。

"要不要下去照相？"王烨问道。

四个老男人显然对照相不感兴趣，都默默坐在窗边，望着水天一色，暗自赞叹。

"你们读过海子的诗吗？"王烨边吹口哨边说，"有一首叫《七月不远》，开头第一句就写到：给青海湖，请熄灭我的爱情。"

"请熄灭我的爱情？"陈默兀自嘀咕了一句，脑海里想到的，是前妻小晴。

当爱情来时，它比太阳炙热、汹涌、猛烈，当它走时，会留下一撮不大不小不灭的火焰。它令人煎熬、苦楚、辗转难眠，即便是浩淼无际的青海湖，又怎能将它熄灭？所以，熄灭与请熄灭之间，无论湖水，只堪岁月。

天黑以后,他们抵达了青海重镇格尔木,这座路宽少人的城市,海拔2780米,神秘的昆仑山和长江源头唐古拉山横穿全境。听王烨说,这里还有全世界最大的盐湖察尔汗盐湖。他们在此休息一夜,第二天继续出发。

进入西藏，雪山像北极熊的怀抱，向他们缓缓张开。山脚下，一片片肥沃的草场绵延远方。成群结队的牦牛站在原地，宛如画中。有时候，会看到白墙红顶的喇嘛庙一闪而过，彩色的经幡随处可见，风吹时，仿如诵经祈福。

一路上，王烨永远都是老男人们开涮的焦点，雷原嬉皮笑脸地说："小孩儿，你那女明星性感吗？"

"自己去网上看呗！"王烨把视线投向窗外，完全不屑于跟这几个老不正经的对话。

"哎？你说你每天跟着人家，就没动过一丁点儿小心思？"

"人家看不上我，行了吧？"

"嚯！你这么潇洒英俊的，谁信啊？你该不会喜欢男人吧？"

众人放声大笑，王烨没好气地说："就是，我就喜欢男人，我最爱的人是吴飞，和他结婚是我的梦想，成不成？"

吴飞笑道："我这把老骨头哪经得住你折腾啊？"

"你们能不能饶了我啊？"王烨笑脸哀求。

雷原说："行了行了，不玩你了……那你真没跟人女明星玩儿过呀？"

"我去！"王烨掏出手机，兀自翻弄起来。"哎？邮箱里有一封邀请函，我看看……诚挚邀请陈默老师参加我电视台主办的黄金档节目《摇滚英雄会》，如若方便，请留下地址，节目组导演将亲自登门拜访。"

王烨像压扁的弹簧从座位上跳了起来："陈默，你要火了呀！这个《摇滚英雄会》可是这几年相当火的一档音乐竞技类节目。"

楚哲说："我知道，前一期我还帮他们编过曲。默儿，节目不错，你觉得怎么样？"

陈默专心致志地握着方向盘说："都什么人参加呀？"

楚哲说："都是近期比较红的年轻摇滚歌手和乐队。"

陈默感叹道："都是年轻人啊！"

"年轻人怎么了？你们也不老啊？"王烨说，"这可是好机会，东山再起就靠它啦！"

"算了吧！"陈默说，"咱一帮老头儿跑上去，唱个最后一名再下来，丢不丢人？"

楚哲想了想："默儿说得不是没道理，据我所知，那节目的收视观众以年轻人居多，而且邀请的歌手和乐队也都是当红的年轻人，他们唱的歌，有摇滚元素，但大多偏向流行，尤其是歌词，一首比一首俗气。我估计我们上去，肯定吃不开。"

王烨急得上蹿下跳："咱都这样了，还在乎名次吗？就算最后一名，还能比现在更糟吗？"王烨一副想跳车的样子，"你们想想，咱们这么天南地北地跑场子，挣那点儿钱还不如人家在电视上唱一首呢。就算得最后一名，咱有名气了呀，那时候再出去唱，咱腰杆儿比谁都硬。"

"我听默儿的。"吴飞说。

"我也听默儿的。"雷原随声附和。

楚哲说："王烨，有些事不能强求，其实把老脸摔在那儿，我们倒无所谓，可是把我们的音乐摔在那儿，我们真没法接受。我估计，默儿也是这么想的。"

　　"老哥！"王烨朝陈默喊道，"你决定。"

　　陈默静静片刻，淡淡地说："我再想想。"

　　天黑时，众人抵达了西藏那曲县，放眼望去，这座小县城几乎没有高楼大厦，全是低矮的小楼，白墙红顶，一派藏族风情。走进一家小旅馆，藏族老板巴桑云丹热情地招待了他们。那天晚上，几个人喝了甜茶、吃了糌粑、嚼着风干牛肉，喝了几杯青稞酒，然后就有些晕晕乎乎的。

　　巴桑云丹指着王烨说："这小兄弟吃不惯糌粑嘛！"

　　"他岁数小，还挑食呢。"雷原笑道。

　　巴桑云丹问："你们去拉萨旅游吗？"

　　"算是吧。"陈默答道。

　　"哦！我能不能请你们帮我个忙啊？"

　　"您说？"

　　"我有个女儿嘛，八年前她去拉萨上学，然后就不见了。"巴桑云丹从怀里掏出一张照片，"这就是她，叫央金，孩子不见了，我们已经找了八年了。我跟他妈妈两个人换着去拉萨找嘛，前天她妈妈又去了。这照片你们拿着，要是看见这孩子，你们就告诉我，我的电话就在照片后面。"

　　"八年了？"王烨满脸讶异，"你们没去电视台打过寻人启事啊！"

　　"去了嘛，电视台去了，广播台也去了，都没用嘛！"巴桑云丹说，"后来我就想了个办法，我说开个旅馆，给你们这样住宿去拉萨旅游的人发照片，让大家都帮我找找，说不定就找着了嘛。"

"八年了。"王烨摇头道，"估计……"

楚哲挥拳砸了王烨一锤，笑说："老哥哥，你放心，照片我们收着，到拉萨，我们待几天就帮你找几天。"

"谢谢你们。"

巴桑云丹，这个身体健壮的藏族汉子竟然在众人面前抹起了眼泪，"谢谢你们。你们喝酒吃肉，我给你们唱首歌，祝你们一路平安嘛。"

嘹亮婉转的藏歌在这间藏族风格的小屋里回响起来，陈默望着照片里的央金，心里不禁一股酸楚。这个叫巴桑云丹的男人，也许一辈子都会在找女儿的路上，他的眼神那么明亮，似乎是在告诉每个人，央金肯定还活着，只不过是暂时迷路了而已。

第十四章

第二天一早，湛蓝的天幕压得很低，仿佛伸手能触到翻滚的巨云。和巴桑云丹道别后，房车一路向拉萨开去。

王烨开车问道："前面有个景点叫纳木错，你们去不去？"

雷原问："纳木错？是个公园吗？"

"纳木错是一片湖，蒙语叫腾格里海，是西藏三大圣湖之一。"楚哲说。

"那当然要去啊！这辈子都不一定去一回。"

说话间，一路飞奔。两个多小时后，汽车驶进了纳木错景区，在湖边的停车场停好车，陈默看到了碧蓝无际的湖泊和远方绵延的雪山。这个季节，游客众多，都穿着花花绿绿的衣服在湖边来回晃荡、拍照。吴飞刚一下车，就觉得一阵恶心，还有些呼吸困难。

王烨说可能是高原反应，让吴飞深呼吸，假如还难受，就得去服务区弄点儿氧气。众人陪吴飞在车边坐了十来分钟，他的脸色才逐渐好转，但仍然有些头晕。

陈默问王烨："我想在湖边唱几首，你说成吗？"

"那我得去跟景点沟通一下，不过应该没问题，毕竟咱们是拉萨旅游局请来的嘛。"王烨说，"但吴飞这样子，还能打鼓吗？"

"小孩儿！你笑话我呢？"吴飞一边干呕一边故作淡定，"我打鼓的时候你还穿开裆裤呢！"

"那你行不行啊？"

"废话！"

"成，那你们在这等着，我去趟服务区，顺道给你弄点儿氧气。"

王烨走后，几个老男人开始抽烟，打火机连打十几下才勉强着一次。陈默向湖面远望，视野的辽阔让自己的一切想法都变得渺如细沙，不值一提。头顶的苍穹深蓝如墨，越向远方，颜色越浅，在与山峰相交的地方，变成了一片无边无际的淡蓝。四面八方，刹那云起，又刹那云散。在这里，纵使游客众多，也难扰湖面的寂静。

不多久，王烨兴高采烈地回来了："他们和旅游局通了电话，确认了身份，所以，想唱多久唱多久。"王烨把一支带吸氧罩的金属瓶递给吴飞，"赶快吸两口，这是便携式氧气罐，他们送的。等等还会来几个人，帮咱们把乐器都搬过去，老哥，你准备在哪儿唱？"

陈默指着湖边："就在那儿唱吧，我看那儿有一群人。"

"得嘞。"

几分钟后，景区的人来了，在陈默带领下，他们捧着架子鼓和便携音响朝湖边走去，一些游客认出了陈默："哎？那是不是陈默啊？"

"好像是哎，他不是在敦煌巡演吗？"

"他又来这儿炒作啦！"

"走，咱们去看看。"

吴飞一边吸着氧，一边在王烨搀扶下向湖边走去："飞爷，您要觉得不对付，千万别逞强，抓紧告诉我，我就站您旁边给您捧着氧气罐。"

"小兔崽子，你这是嘲笑我！"吴飞隔着吸氧罩说。

"哪敢呀！"

摊子铺开，众多游客都围了上来，放眼望去，一片五彩缤纷。那些绕湖的喇嘛大概十来人，也都站下脚，手里拿着玛尼轮转来转去，似乎在等待演出的开始。连牵着白牦牛做照相生意的那些藏民也都不管不顾地聚集过来，可能在他们行走纳木错的漫长岁月里，还是头一回碰见来此唱摇滚的疯子呢。

楚哲调试好音响和麦克风，陈默便背起吉他，来到麦克风前。面前一位游客突然喊道："陈默，网上说你炒作，你怎么又炒到纳木错来啦？"

陈默对麦克风笑道："我觉得哪儿漂亮，哪儿的姑娘多，我就愿意在哪儿炒！"

游客哄笑起来，陈默接着说："大家都坐下吧，后边的人可能看不见，地上的石子儿都干净，跟湖水一样干净，大家不用担心弄脏裤子。"

靠前的喇嘛们带头坐下，游客们像多米诺骨牌似的先后坐下。只听陈默撩起浑厚的嗓音清唱道：

……

回到拉萨

回到了布达拉

回到拉萨

回到了布达拉宫

在雅鲁藏布江把我的心洗净

在雪山之巅把我的魂唤醒

……

简单几句，撩起了游客们雷动般的掌声，陈默说："从来都没想过会来西藏，这地方在我心里，一直都特神秘。机缘巧合，今天来了，看了湖水荡漾，听了雪山空鸣，我要好好唱几首歌，唱给眼前的一切。《姑娘给我你的手》，送给大家。"

陈默回头看了雷原他们一眼，发现这几个人全都喜笑颜开，雷原说："终于唱自己的歌了，小飞，架子鼓走起。"

"得嘞！"

犀利的鼓声中，陈默对麦克风大喊："青春万岁！摇滚万岁！"

电吉他 solo 紧跟其后，楚哲低头沉醉在渐进的节奏中，疯魔一般地玩弄着手里的贝斯。陈默狂扫琴弦，寂静的湖面都似乎被渲染得翻腾起来。在领奏吉他最后一声拉扯中，天空仿佛被拽了下来，陈默大声唱道：

……

姑娘给我你的手

你的手那么温柔

即使穿过我胸膛

来吧这是给你的心脏

（一些游客跟唱起来。）

姑娘给我你的手

给我你最冰冷的问候

假如岁月是下了毒的酒

我愿意陪你喝到最后

（架子鼓的轰鸣厚重而澎湃，坐在前排的喇嘛们似乎忘记了手里的转经筒，纷纷跟着节奏点起头来。外围的游客越来越多，都拿着相机和手机，记录着眼前这几个不可思议的老男人疯狂的姿态。电吉他一段花哨的 solo 之后，陈默大喊一起来，于是便出现了久违而动人心弦的大合唱。）

姑娘……哦姑娘

风吹起你的头发变成海洋

我不愿我的船靠岸

请用巨浪把我撕成碎片

（王烨见吴飞面色有些难看，连忙把氧气罩往他脸上送去，不料吴飞大喊：滚开！惊得王烨一身冷汗，暗自唏嘘：这些老男人，玩摇滚不要命啊！）

姑娘……我的姑娘

你眼神那么忧郁那么慌张

随便吸干我的血

我的命只能死在你的

手里面……哎！

……

许多游客在摇曳而硬朗的琴声里欢呼雀跃，一些情侣的心意在炙热的歌声里被融化、被穿透、被抽离，他们相互依偎，面露温存。这如画的美景，湖面的风，悦耳的歌声，天上的云，情人之间的誓言、呢喃和耳语，似乎都那样自然而然，随遇而安。

三首歌之后，吴飞面如死灰，王烨喊道："不行，飞爷快挂了。"

雷原说："快给他吸氧啊！"

陈默不得不收手作罢，于是对游客讲："谢谢大家，谢谢各位前来捧场，今天的演出到此结束，希望大家玩得开心。"

掌声在纳木错旁此起彼伏，游客们纷纷涌上前来要跟陈默合影、索要签名，陈默喊道："这样吧，大家听我说，咱们都站过来，在湖边拍张大合照怎么样？"

一个女孩说："人太多，镜框装不下！"

男游客说："那就分两拨拍嘛！"

面前十来部相机都坐在三脚架上，游客们大喊"茄子"，有的人又蹦又跳又扔帽子。牵着白牦牛的生意人也凑了过来，天真无邪地露出了八颗牙齿的灿烂笑颜。那几头白牦牛，也许是因为每天遭人偷拍，一见镜头就气哼哼地转过身子，留给画面一个雪白的屁股。"再来一张，再来一张"的呼声响彻寰宇。

大概用了二十分钟，陈默、雷原和王烨才从人群里跑出来，而楚哲早就搀着小飞回车上吸氧去了。景区工作人员陆续把设备搬回房车。陈默等人刚到车旁，几个小喇嘛跑了过来，其中一个一脸机灵地对陈默道："陈先生，我们索朗堪布请您去寺院用餐。"

"堪布？"陈默问，"王烨，什么意思？"

"我也不知道啊！"

小喇嘛说："堪布就是高僧，管理我们寺院的嘛。"

"哦，住持的意思！"雷原醍醐灌顶一般。

"请问小兄弟，你们堪布干吗请我用餐啊？"

"我们堪布说，你们早就认识。"

"哦？你们堪布在哪儿啊？"

"他刚刚听你唱歌了，现在乘车回寺庙了嘛！"

"哦，那你们坐我的车？"

小喇嘛指着旁边一辆白色面包车说："不用，我们有车，你们跟在我们后面。"

"好。"

跟着小喇嘛的面包车驶出景区，上公路走了十分钟左右，拐上一条土路，沿着缓坡一路向上，最后停在了一座藏传佛教寺院门前。下车后，从这里可以远远眺望纳木错，它就像一颗蓝宝石，静静横亘在雪峰的怀抱里。

寺庙门前，左右各置一座小白塔，里面燃着松柏枝，那纠缠的青烟从洞口飘散出来，环绕在白墙和红顶之间。

陈默问小喇嘛："为什么要烧松柏？"

小喇嘛说："这叫煨桑，是一种祈福。"

众人随小喇嘛走进寺院，正前方，那白墙红梁金顶的高楼建筑巍峨矗立，左右两边是低矮的平房，围成的院子干净明亮。只听身后的喇嘛朝高楼喊了几句藏语，那门里便出来了一队喇嘛，七八人之多，依次步下石阶。领头喇嘛戴着眼镜，光头锃亮，看年纪，六十岁左右的样子。

小喇嘛推掌介绍："这位就是我们的索朗堪布。"

"大师，您好。"陈默双手合十，躬身问候。

堪布也合掌回礼，微笑道："陈先生，你好。"

陈默端详了堪布许久，只听堪布说："陈先生，你是不是正在回忆，咱们是什么时候认识的？"

"大师见谅，我真的想不起在哪儿见过您啦。"

"那便不用想，你我算是久别重逢吧！"

这句话，说得陈默对这位堪布自然而然多了几分亲近。堪布说罢，又同雷原等人问候，见楚哲搀着吴飞，堪布便问："这位先生，高原反应厉害吗？"

吴飞强颜欢笑："没关系大师，就有点儿头晕，不耽误吃饭。"

"那就好。"堪布对身边的喇嘛说，"请各位先生进院休息，陈先生，请跟我来。"

"哦，好的。"

陈默随堪布穿过左边一扇木门，来到一方小院，四周花花草草，争奇斗艳。院子中间，有石桌一张、石凳四方。堪布请陈默落座，拿起桌上的小暖壶，往陈默面前的瓷杯中倾注了咖色的甜茶。

"请。"堪布说，"许是唱累了，喝些甜茶，润润嗓。"

"谢谢大师。"

堪布笑说："你和我的缘分，起于1996年。那一年，我去了北京，在路边音像店听了一首歌，我就站在门口听完了一整首。当时觉得太好听了，我就进店一问，他们说是一个叫陈默的人唱的。"

陈默喝着甜茶说："原来如此。"

"那天我买了你所有的专辑，然后带回了西藏。想不到二十一年后，你我会相逢，这便是大缘。"

"大师说得对。"

"陈先生，为什么好多年都没听过你的消息了？这些年你去哪儿了？也没有新歌出来。"

陈默思虑良久，最后难为情地说："这个……我一时很难回答。"

"为什么？"

"不知道怎么说。"

"放松下来，随便说。"

陈默想了片刻："也许算……迷失吧！"

"迷失？"

陈默点头道："迷失。您可能不知道，很久以前我写歌唱歌，就只为写歌唱歌，想写想唱，大家在一起玩音乐，从没想过有一天靠这个挣大钱。1987 年以后，我慢慢发现，唱歌能让我得到很多东西，我一下不知道该怎么办了！这种感觉在 90 年代初特别强烈。唱片公司要挣钱，我就没完没了地写歌，等唱片出来，我才发现那不是我想要的东西。不知道从哪天起，我开始怀疑自己到底是不是在做音乐，我的一举一动到底是为了音乐还是为了钱？我一直没搞清楚。

"自从有了这个念头，我写歌的速度就越来越慢，有时候两个月都写不出一首歌，即使写出来，进录音一听，整个人就特别暴躁，觉得那压根儿不是我想要的东西。1994 年，我开始整夜失眠，我觉得我废了，真的，不知道自己活着图个什么。我想过自杀，但那年女儿出生了，我不得不放弃这个念头，因为我不想让她一生下来就没有爸爸。

"我尝试振作起来，不顾唱片公司的要求，把自己关在屋里做自己想要的音乐，那时候我能一个月不下楼，也很少见人，心里害怕和人见面，见了也不想说话，好像是不会说话了。用失语来描述那种状态或许更准确。但这都无所谓，因为我慢慢找到了那种感觉，那种久违的感觉，我写了几首不错的歌，至少我自己觉得不错。可谁也没想到，2000年后，摇滚市场越来越小，唱片行业陷入低迷，唱片做出来也卖不出去，专辑大量滞销的情况，对于唱片公司简直就是噩梦。

"您也许知道，摇滚有过辉煌的曾经，我也有过，当我能再写出好歌的时候，摇滚却冷了。我又开始怀疑，是不是大家都抛弃了摇滚，这个怀疑一直在我心里，久而久之便成了噩梦。我的失眠越发严重，后来去医院检查，我才知道自己得了抑郁症。但我不甘心啊，我想让摇滚再热起来，后来才发现，世界变了，时代变了，新一代的年轻人不需要那么多呐喊和激情，他们就像未老先衰的人，虽然青春，却大多沉默，在追逐物质的路上越走越远。当然，这是时代的潮流，我无可奈何。总之，摇滚回不去了，一切都成了幻想。"

堪布说："幻想总归是幻想。"

"是啊，幻想总归是幻想，我也知道不可能实现，但就是不愿面对现实。所以我开始逃避，逃避一切，逃避自己的过去，逃避所有熟悉的人。十几年来，我一直活在浑浑噩噩的状态里，说是迷失，应该可以吧！"

"陈先生，你随我来。"

陈默随堪布来到一片海棠前，花已谢尽，那枝上挂满青小的果实，远没有成熟的样子。堪布摘下一粒，递给陈默："陈先生，这是一粒海棠果，你现在用手指拿着它。"

"盯着它，一直盯着它，我说松，你再松开，好吗？"

陈默点头。

"盯着它。"

大概半分钟的时间里，陈默全神贯注地盯着这颗青涩的海棠果，视线没有一丝一毫的偏移。

堪布突然喊道："松！"

陈默一惊，手指一松，果实跌落地面。

"陈先生，什么感觉？"

"感觉轻松了。"

堪布放声大笑："来，咱们坐下说。"

陈默入座便问："大师，您这是什么意思？您是叫我放下吗？"

堪布微微摇头，浅浅一笑："我给你果实，你接受，这叫从缘。你失去果实，并不是你自己想要失去，而是我叫你失去的，也叫从缘。这一得一失之间，你心里有变化吗？"

陈默摇头："没什么变化。"

"那就对了！得失从缘，心无增减，是因为这果实与你无足轻重。这世间万物，皆在变化之中，但诸般变化在我眼里，都如这果实一般。"堪布将握在掌中的一粒海棠果放在桌上。

"大师，我明白了。"陈默额头轻点，"谢大师点化。"

"是陈先生聪慧！"堪布笑意绵长，"本来是想和你叙旧，机缘巧合却解了你的心结，这也是你我的缘分，看来二十一年前，在北京那家音像店门口，这一切就已埋下了种子。人生啊，需要执着的品格，但不能有过分的执念。"

"什么是执着，什么是执念？"

"执着，就是在春天播种，犁地开荒，不辞辛苦地等待秋天的收获。而执念，更像在冬天的冰面撒下种子，还坚信未来会五谷丰登。明白吗？"

"明白了。"

堪布起身笑道："好啦，咱们去吃饭嘛，你这肚子都咕咕叫了，咱们边吃边聊。"

院子里，喇嘛们正摆放桌椅，几分钟后，喇嘛们陆续端上了大块水煮牦牛肉和酥油茶，堪布怕陈默等人吃不惯糌粑，于是特意给他们蒸制了米饭，这对于王烨来说，简直是莫大的恩泽。

饭过半饱，青稞酒上桌，除了王烨和吴飞，其他人都陪堪布喝了几杯。饭后，众人随堪布进入佛堂，那里弥漫的藏香沁人心脾，朱红的柱子稍有斑驳，有几根柱子挂着唯美的唐卡，头顶雕梁画栋，色彩艳丽。四周墙上画满壁画。相较于敦煌壁画，这儿的人物少几分清瘦，多几分圆润。佛堂正中，一人高的佛龛内，释迦牟尼结跏趺坐，左手横置，右手垂膝，掌心向内。面对众生，他双目微合，禅定冥思。佛像左右，铺满金色绸缎，显得神圣而肃穆。

众人烧香拜佛，以求平安。陈默取出钱包，将自己所有的百元大钞全都放在了右侧的香案上，大概两千左右。堪布合掌，向陈默垂头致意。

离开时，堪布对陈默说："心无挂碍，取舍自在，有缘再会。"

陈默笑答："我会再来的，大师保重。"

在寺院门前，众人合影留念，陈默同喇嘛们挥手作别。从这里，他最后望了一眼遥远的纳木错，然后便向拉萨一路驶去。

王烨在方向盘前摇头晃脑地说："你们知道，咱在敦煌演出那视频，现在点击多少了吗？两百八十万！"

"哎？你那女明星叫什么名字？"雷原问。

王烨笑脸即散，冲他翻了个白眼。

"叫江诗蕾。"楚哲说。

"哦，那就对了。"雷原盯着手机，"江诗蕾已办理离婚手续，绯闻男友一路护送。"

王烨说："我知道，今儿一大早她就发短信给我了。"

"我看这绯闻男友没你帅啊？"

"人家有内涵。"

"啧啧啧，我看你也不傻呀？你是不是喜欢人家？"

"是！我就喜欢她，怎么了？"

"能怎么呀？乖乖看着呗！"

众人捧腹大笑，连面色蜡黄的吴飞都笑抽了。

王烨气呼呼地扭过头不再理这群老男人。

一路说说笑笑，拉萨已近在咫尺，穿过一条大桥，陈默看到了巍峨的布达拉宫擎天立地，气贯苍茫。远比想象中的更雄浑、厚重、磅礴。

拉萨，名副其实的日光之城，尤其在这盛夏的午后，一切都显得那么明亮，叫人不堪直视。拉萨街头，车辆不多，越靠近布达拉宫，那些手戴护具、身穿大褂的磕长头者就越多，这些虔诚之至、水滴石穿的朝圣者，令车上的陈默等人折服不已。

王烨电话联系了主办方，他们随后发来一个酒店地址，王烨一路定位，很快抵达了指定地点。拉萨的欢迎阵容显然没有兰州的强大，酒店门前，只站着寥寥几人。

"陈老师，你好，我是主办方拉萨分公司的经理。"戴着墨镜的中年男人同陈默握手，"这位是拉萨旅游局的同志，后面这两位是我们公司职员，欢迎陈老师来拉萨。"

此情此景，难免一段客套，王烨问经理："其他歌手都来了吗？"

"你们是第一个，表演日期是三天后嘛！"

雷原轻声嘀咕："王烨不是说明天吗？"

听雷原这么一说，王烨倒吸冷气，看来是自己搞错了日期，昨天他还信誓旦旦地对陈默说，表演后天开始，咱们要马不停蹄了，害得几个老男人跟赶集似的，下车尿尿都不敢多抖一下。对于一名职业经纪人，这是非常低级的失误。他偷偷瞥了陈默一眼，发现陈默并未生气。

只见陈默转头对雷原他们说："也好，这几天咱们就在拉萨，帮巴桑云丹找央金。"

第十五章

在主办方邀请下，众人参加了一场上档次的饭局，吴飞眉开眼笑地喝了点儿红酒，忽然面色铁青，在王烨搀扶下连去三趟厕所，陈默等人实在看不下去，于是饭局草草收场。

学医出身的经理说："应该是肠胃发炎。"于是，他派随行的职员去药店买药，"待会儿把药送去房间。"

看吴飞吃了药，躺在床上瞪着死鱼眼，陈默说："你好好休息，我们出去找人。"

王烨从柜子里取来毛毯给吴飞盖好，幸灾乐祸地说："赶快好起来哟！我还给你讲女明星的故事呢。"

走出酒店，楚哲掏出央金的照片对陈默说："咱们得找家照相馆，把这照片扫描几份儿，人手一张，分头找。"

"小哲说得对。"雷原说。

从照相馆出来，四个人拿着照片散开了。

走在拉萨的大街小巷，心里有种说不出的宁静和透彻，来来往往的背包客混在手提念珠的转经人中间，竟显得无比和谐。陈默走过一道安检，进入八廓街，看了看墙上的旅游地图，他决定去大昭寺附近碰碰运气。下午四点钟，阳光充沛，街上的人们大多圆帽遮脸，步履缓慢，街两旁的店铺被日光晒得格外晃眼，暗黄的煨桑炉里燃起的青烟，似乎遮住了这人世的繁杂、喧嚣和匆忙。从这里远望，可以看到布达拉宫辉煌的金顶，在它对面，沉睡着皑皑如云的雪山。

　　陈默不自觉地放缓了脚步，悄悄跟在转经人身后，听空中佛声梵响，刹那间，心无一物。面前的人们，应该是知道生命短暂的，但那缓缓而漫不经心的步伐，似乎是有意要拉长那一晃而过的人生。

　　陈默看到不远处，一棵参天古树下，一个双臂挂拐的男人，双手合十，手里的护具啪啪作响。他只有一条腿、一只脚，还有一条随风轻摆的空裤筒。他俯身跪地，和所有磕长头的信徒一样，虔诚地趴下去，用额头亲吻大地。周围没有人向他投去异样的目光，许多人对此熟视无睹，就好像，他只是那些磕长头的人里最普通不过的一个。

　　陈默掏出钱夹，抽出那张最大面值的五十元，然后走过去，等男人费了九牛二虎之力站起来，陈默才看到，他胸前的大褂满是尘土，破旧不堪，脚上穿的那只绿胶鞋，因为磨损过度，已露出了两三根黑黝黝的脚趾。陈默向他递去钞票，淡淡地说："拿着吧。"

　　男人挂拐，微笑着摇了摇头，最后说了句陈默听不懂的藏语。

　　"您说什么？"陈默问。

此时，旁边一个早早驻足的小姑娘说："他说他不要，他不需要钱。"

男人点了点头。

陈默不禁竖起大拇指说："好样儿的！小姑娘，你给他翻译一下。"

听小姑娘说了句藏语，男人咧嘴一笑，朝陈默点了点头，陈默不经意才发现，男人的额头早已布满了青紫的血痂。

烟雾中，男人拄拐向前走去，陈默把钱塞进裤兜，望着男人摇晃的背影，他一句话也说不出来。这人世间，为信仰不顾所以、超然物外的人，有生以来陈默还是头回碰见。虽然眼前的一切都仿佛无比寻常，但却让陈默陷入了持久的心悸和神往。

女孩望着拄拐而去的男人说："他家住得很远，每天一早，他爸爸都会送他到八廓街来磕长头，就绕着大昭寺，磕一天。"

"这样身体会吃不消吧？"

小姑娘笑说："在这里，人们的精神纯净，身体才会健康。"

陈默点了点头，问小姑娘："哎？你是来旅游的吗？"

小姑娘摇头道："不，我是西藏大学的学生，我叫卓玛央金。"

"我叫陈默，你好。"陈默同女孩握手间才忽然想起，"央金？你叫央金？"

"对啊！"

"不好意思，我能问你个事儿吗，不知道你有没有时间。"

女孩拨了拨额前低垂的刘海儿，微笑间露出了洁白的牙齿："可以啊！我今天是来做导游的，工作也结束啦！"

陈默掏出央金的照片，递给央金："你见过这女孩吗？她也叫央金。"

女孩似乎一眼就认出了照片里的人，转而笑道："你去过那曲啊？"

"是啊？你认识吗？该不会，你就是这女孩吧？"

"当然不是。"女孩甜甜一笑，"你可能不知道，这女孩早就出车祸去世了，这些年一直有游客拿着她的照片在拉萨找人，这事情在电视台都报道过嘛！"

"去世了？"陈默满脸惊讶，"他爸爸可不是这么说的。"

"她家人可能不愿面对这样的事实吧！"

"那他们知道自己的孩子出车祸去世了吗？"

"当然知道了。"

陈默从女孩手里取回照片，静静地端详着。

女孩问："还有别的问题吗？"

"哦！没有了，谢谢你。"

"不客气，再见。"

"再见。"

女孩渐渐消失在八廓街的人海之中，她说话的时候，眼神透亮，似乎不像是骗人。而且，她也没必要骗人。陈默在大树下的凳子上落座，听周围的人叽叽喳喳地说着藏语，不觉间陷入了久久的沉思。他想起那天夜里，巴桑云丹说话时的眼神也和刚才那小女孩一样透亮，一样不像是在骗人。这到底怎么回事儿？陈默百思不得其解。

就在此时，电话响起，陈默一看号码，是雷原："喂，怎么了？"

"默儿，真是不问不知道，一问吓一跳啊！我拿照片进了几家店，真还有人认出来了，你猜怎么说？"

"去世了。"

"嚯！你怎么知道的？你是不是也碰着了。"

"嗯。"

"哎我去，这可怎么办呀？那旅店老板儿是不是疯了呀？这到底信谁的啊？"

"我估计，这些人没道理骗咱们。"

"那怎么办？"

"算了，你过来吧，我在大昭寺门口等你们。"

"成，那你给小哲他们言语一声。"

大昭寺，吐蕃王松赞干布建造的佛教寺院，千百年来几经翻修扩建，如今仍屹立在雪域之巅。关于大昭寺，有许多或美丽或称奇的传说，寺院内供奉着文成公主从东土大唐带来的释迦牟尼十二岁等身像，这奠定了大昭寺无上尊贵的地位。

寺庙前，香火鼎盛，游客成群，几个导游在远处招揽客人，嗓音洪亮。但更多的，还是虔诚的信徒，他们面朝寺庙，在门前的青石板上反复叩拜，起落间，不顾岁月蹉跎，只为心无杂念。

陈默站在寺庙门前的石碑旁，望着流光夺目的金顶，不禁冥想万千，他好像听到空中传来了遥远的心声："得失从缘，心无增减。"道理非常明白，但要做到，又差着几万里修行？几万次膜拜？几万盏青灯长伴？

十几分钟后，雷原等人陆续抵达，众人在大昭寺门前会合。

当王烨听到央金出车祸去世的消息后，目瞪口呆地问："你没搞错吧？"

楚哲满头大汗，取出纸巾擦了擦，把墨镜扶正说："默儿，你跟圆子确定吗？"

"绝对确定，我进了八九家商铺，三个老板都这么说。"雷原表情果决，"你说确定不确定？"

"十有八九不会错。"陈默淡淡地说，"人家没必要骗人，你说呢小哲？"

"没认错人吧？"楚哲问。

陈默摇头道："没有，人家连这孩子的来历都知道。"

楚哲点头："那估计没差了。"

"我要不要打电话告诉那老头儿。"王烨一本正经，"你姑娘早出车祸去世了！"

"他知道。"陈默说。

"啊？知道？"王烨又惊讶了，"这老头儿诚心跟咱逗闷子呢？"

陈默咬了咬唇："不，但凡在他旅馆住宿的游客，差不多都收过这张央金的照片。八年里，这事情从没停过。他知道自己女儿去世了，但不知道为什么要这样，应该是没法面对现实吧。"

王烨冷哼一声："没法面对现实也不能这样啊？这不自欺欺人嘛！"

雷原说："你懂个屁！我是有孩子的人，我理解他。有时候，人就活了个念想，念想没了，人就空了，活着跟死了差不多。他这样，至少有个念想能撑下去，好事儿！"

"谁说不是呢？"陈默思绪万千，"这些年，我也是活了个念想，要不是女儿，闹不好我活不到今天。"

楚哲说，"默儿，别说了，这事儿就到此为止吧！"

雷原长叹道："没办法，也只能这样了。"

王烨指着大昭寺说："咱要不要进大昭寺转转？"

"那肯定啊！"雷原心直口快。

王烨伸手道："身份证都给我呗，我去给大家买门票。"

雷原取出身份证说："请个导游，捡漂亮的挑。"

"赌好儿吧。"

王烨收了大家的身份证，一路向售票口跑去，三个老男人走进寺庙前的广场，准备找个墙角抽支烟。路上，陈默的电话响了，掏出一看，居然是前妻小晴。

"喂，小晴，怎么了？"

"爸！"话筒里传来女儿小沫颤颤巍巍的声音，"你在哪儿？"

"小沫啊！爸在拉萨，怎么了？你妈有事儿吗？"

"爸。"小沫停顿几秒，说道，"奶奶不太好了。"

陈默心头一惊："怎么了？你奶奶不是在养老院吗？"

"养老院的人说，奶奶已经两天没吃饭了，怕是不太好了。我跟妈今天去养老院看奶奶，发现她迷迷糊糊的，四肢发硬，已经神志不清了，我们叫了救护车，刚在医院住下。我妈去办住院手续了。"

"你奶奶怎么了？"

"不知道。"小沫有些哽咽，"看大夫的表情，我估计是不太好了，你赶紧回来吧！"

"好的，我知道了，你照顾好奶奶，我马上回来。"

"嗯，那我等你。"

挂了电话，陈默怔怔地望着屏幕，眼神陷入了持久的空洞，楚哲见状问道："怎么了？家里出事啦？"

陈默点头，若有所思地说："我妈住院了。"

雷原问："阿姨怎么了？"

"应该是老年痴呆并发症。"

"严重吗？"楚哲问。

"好像挺严重的。"

"现在什么情况？"雷原心急火燎，眉头紧锁，"要手术吗？"

"不知道。"

"你不在，身边都谁啊？"

"小沫跟她妈。"

"小沫回来了？"楚哲感叹道，"那你赶紧回去看看吧！毕竟你们离婚了，人家只能帮帮忙，有些事儿还要你拿主意，回头别再耽误治疗。"

"小哲说得对。"雷原说，"要不咱们一起回吧，看样子这一去，八成一段时间回不来，默儿不在，咱们也没法儿演啊！"

"你们先别走。"陈默说，"老太太什么情况还不知道，闹不好是感冒之类的小病，那样的话，待两天我就回来，演出不是三天后嘛。"

雷原点头道："也成，那你先回去看看，要是有事儿，你给我们打电话。"

"知道了。"

王烨拿着门票，气喘吁吁地跑过来说："你们怎么跑这儿啦，我还到处找你们呢。走吧？导游也请好啦，藏族靓妹。"

"王烨，你抓紧帮我订张机票。"

王烨一愣："干吗？又去哪儿啊？"他看了看雷原和楚哲，发现气氛有些僵硬，"怎么了？出事儿了吗？"

"我妈病了，刚住进医院。"

"严重吗？"

"好像挺严重的。"

"成，我给你看看。"王烨连忙掏出手机，搜了一下，"不好，今天走不了了。最早一班是明天上午九点多的，飞首都机场，怎么办？"

陈默问："坐火车呢？"

"你等等，我看看。"王烨飞速拨动手机，"火车有一班，下午四点十分发车，已经开走了，买明天的话，要四十个小时才能到北京，还是坐明天的飞机吧。"

"看来也只能如此了。"

"是，只能这样了。"王烨擦去额头的汗，"那我订票了？"

"嗯。"

王烨三下五除二，操作完毕，"好啦，明天上午九点三十五，直飞北京，我开车送你去机场。"

"好，谢谢你。"

"说什么呢？我是你经纪人啊！"王烨皱起眉头，"你也别难过，阿姨说不定就是着凉，对于老年人，小病也是大病。那这大昭寺，咱还去吗？"

"去吧。"陈默说，"正好给老太太祈个平安。"

从大昭寺出来，将近六点，太阳没一丁点儿落下去的势头。众人回到酒店，见吴飞面色好转，便一同出门觅食。他们走进一家藏式餐厅，这里装修非常简单，和普通藏族家庭相去不远。墙上挂着几幅尺寸各异的油画，都是人物写实，有头戴藏饰的姑娘，还有骑马放牧的少年等。长桌上铺着多彩的绵布，银色的调料瓶间，置着两瓶假花。

墙角的书架上，放着许多本《Lonely Planet》（孤独星球），翻开一看，都是来自世界各地的游客留下的，他们纷纷在书上留下自己的名字。有一个叫吉米的英国人说，他花了五年时间，走遍中国，西藏是他最后一站，把这本书留在这儿，希望对那些从这里出发的人有所帮助。留书时间，是2011年夏天。

王烨说："真羡慕这些外国人，去别的国家旅游，一晃就是好几年，不用工作吗？"

楚哲说："文化不同，生活观念也不一样。"

"陈默，点菜啊！"雷原说，"别想了，明天回去，一看就知道啦。你再想也是白想。"

吴飞说："你们说得轻松，那是自个儿亲妈，能不操心吗？"

"我要一份酸奶蛋糕。"陈默看了看菜单说，"别的你们点吧！"

事实上，陈默无心进食，虽说人在拉萨，心早就飞去了北京。想起老爸去世的时候，自己就不在左右，此时此刻，他只希望老妈再撑一撑。

没多久，菜便上齐了，铁皮暖壶里，是热乎乎的甜茶，吴飞喝了两杯直冒汗，嘴里说着："这下好了，汗一冒，病全好，再给我来一杯。"

餐厅里的食客，以旅游的年轻人居多，让陈默出乎意料的是，居然也有本地人光顾，这说明他们来对了地方。果不其然，菜品都非常爽口，虽是藏式风味，但已经和汉餐相生相融，难分彼此，这让惧怕藏餐的吴飞和王烨放下了心，众人都吃得欢喜无比。而陈默只吃了半块酸奶蛋糕，其余菜品丝毫未动，雷原等人边吃边劝，他除了随声附和，注意力却全然不在于此。除了时不时喝口甜茶，他几乎就像坐在凳子上的木头人。

王烨问陈默："要不要喝点儿青稞酒？"

雷原说："喝点儿吧，我们陪你喝，喝醉了回去睡觉，什么都甭想。"

"好。"

王烨向老板要了两瓶青稞酒，每瓶五百毫升。陈默拧开瓶盖，给每个人斟满，说道："小时候，觉得时间太多、太慢，自己怎么也长不大。有时候，特希望爸妈一夜变老，自己长成五大三粗的爷们儿。因为我害怕被他们管着，太不自由。现在，我倒希望活回去，他们想怎么骂就怎么骂，想怎么管就怎么管，我觉得，那才叫幸福！来吧，喝。"

吴飞是典型的舍命陪君子，雷原让他悠着点儿，没想吴飞却说："哥们儿难受，我不喝那还是人吗？喝！"

众人喝干第一口，王烨又给五个酒杯斟满。陈默接着说："从心里讲，我是不愿我妈住养老院的，本来我可以和她住在家里，每天伺候她。但我不敢见她，没脸见。"陈默的眼泪在眼眶打起转来，"我不想让她每天见我失魂落魄的样子。"

"默儿，你想得太多。"楚哲眉头低垂，"哪个当妈的会看不起自己的孩子？"

"不是她看得起看不起的问题。"陈默说，"是我不想让她再为我担心。"

所有人都沉默了。

"算了，不说我妈了，越说越难过。楚哲说，我是硬骨头。"陈默自我嘲笑一般地扬起嘴角，"其实我不是，在生活面前，我妥协了太多，只不过你们都没看见。你们可能不信，为了小沫留学，我去给一个老板的葬礼唱流行歌。那段时间，我每天夜里都在安慰自己，唱就唱了，就这一次，这是第一次，也是最后一次。后来，我宁愿去超市帮人搬搬货，也不接那些乱七八糟的演出。我搬货那家超市有位烤蛋糕的师傅，人不错，手艺却不怎么样，总有些烤煳不要的边角料儿，晚上带回家，够吃一天。前一阵子，我在夜店打了人，人家请我去唱《双截棍》，我又去了。我要给我妈交疗养费，我想不了那么多。

"其实没什么可诉苦的，比我穷的人多了，也没见谁出来哭哭啼啼的。我这抑郁症，也不是因为我吃了烤煳的蛋糕。每天照照镜子，发现头发又花了一片儿，再想想日子越过越少，摇滚越走越远，心里就急，这病是急出来的。王烨第一次见我，问我就不想东山再起吗？我当然想，做梦都想，但我又问自己，就算我红了，摇滚能好起来吗？就算我红了，是因为摇滚呢？还是因为人们对没落英雄的同情？"

王烨轻咳两声，说道："其实一开始，我真是想利用人们的同情心和猎奇心炒你一把，而且你身上炒点那么多，又是情怀又是精神，我的确是拿你当优秀的炒作素材在对待，压根儿就没把摇滚什么的放在眼里。对于我来说，你能红几天无所谓，我能挣着钱就成。就算你今天红了，明天又被人忘了，关我屁事儿，我只看钱，管那么多干吗？"

王烨自顾自地喝了一杯："说这些，老哥你别生气，我说的都是心里话，起初我真是这么想的。直到后来咱们成了朋友，看到了你们这几个老哥之间的友情，咱们一路走走停停，又看了你们这么多演出，我真是爱上摇滚了。我特别喜欢你们这范儿，真的，听你们唱歌，我脑子空空的，只想跟着唱、跟着跳，感觉这世上一切跟我有屁关系。你看看那些在台下呐喊的年轻人，谁说他们未老先衰了？他们也热爱生活。其实他们跟你们那年代的年轻人没什么区别，当然，可能社会压力更大，他们更需要呐喊，更需要摆脱束缚，即使回家睡一觉，醒来还是会面对杂乱的工作和疲惫的生活，但在那几首歌的时间里，他们爽了、嗨了，暂时挣脱了。这就是摇滚的力量，摇滚的生命，它死不了！就算它不能像从前那样光彩夺目，但它死不了。"

"当然，这也是我后来才体会到的，以前我觉得大家都跟我一样，干吗要呐喊，不需要；干吗要理想，不需要，挣钱才是生命唯一的方向。"王烨微笑着摇头，"但我错了，我忘了人是有感情的，是有精神世界的，我走得太快了，丢了好多东西。所以老哥，假如有天你又红了，我敢肯定，百分之九十九是因为摇滚，还有百分之一，是因为你的坚持，并不是什么同情和好奇。"

吴飞举起酒杯："来来来，走一个！这小孩儿看不出来啊！平时就一怂货，关键时候还挺给力。"

"那当然。"王烨说，"也不看我旁边都是谁？"

众人碰杯，仿佛又听到了三十年前，那场《沉默爆发》演唱会后，几个年轻人坐在北京的马路牙子上，举着啤酒瓶碰来碰去的声音。陈默记得那天夜里，他们都喝得五迷三道的，嘴里都说着什么世界巡演冲出亚洲的胡话。也许，那才是青春本来的样子吧！

餐厅里的食客渐渐多了起来，一群年轻人像是结伴而行的驴友，正在你一言我一语地商量着明天去哪儿、怎么包车和旅行社的价格。

就在此时，陈默手机响了，拿起一看，是小晴打来的，陈默的心骤然七上八下："喂。"

"陈默。"

"小晴，妈怎么样了？"

"妈走了。"

"……好，我知道了，谢谢你。"

挂了电话，雷原问："怎么样？阿姨好些了吗？"

陈默含唇落泪，脑袋微微一摇："老太太走了。"

众人一时语塞。陈默举起剩下的半瓶青稞酒，对嘴吹了起来。

王烨想去阻止，被吴飞一把拽住："让他喝吧，让他喝吧。"

第十六章

　　三天后，北京某公墓内，陈默、王烨、雷原、吴飞、楚哲都身着西装，站在一面青灰的墓碑前。这天一大早，天空显得晦暗阴沉，不久便飘起了毛毛细雨。小晴和小沫都穿着黑色长裙，胸前别着小白花，打伞站在一旁。小沫不时地还在流泪，许是哭了很久，眼眶已红肿起来。

　　墓碑上，刻着陈默母亲的姓名和生卒年，贴着一张生前的黑白照。在这块墓碑的右手边，是陈默父亲的墓碑，他们终于又在一起了。

　　在雷原的主持下，五个人向墓碑三鞠躬，之后，他们轮流拥抱了陈默，随即拿起立在一侧的黑伞，依次走出墓地，去门口等候了。

　　望着悲愁垂涕的女儿，陈默抬起手臂摆了摆："来小沫，给奶奶鞠个躬吧！"

陈小沫走出妈妈的雨伞，缓步来到墓碑前，抱起陈默痛哭起来。陈默的手穿过女儿的黑发，将她揽入怀中："好了小沫，别哭了，跟奶奶道个别吧。"

陈默用双手擦去小沫脸颊上的眼泪，见她嘟着嘴，微微点头，又说："我的乖女儿，不哭了，好吗？"

女儿向墓碑缓缓三鞠躬之后，陈默再次拥抱了小沫："拿着妈妈的伞去找圆子叔叔，我和你妈妈说几句话。"

"嗯。"

小晴上前把伞递进小沫手里："去吧，在门口等妈妈。别哭了，眼睛都哭肿了。"

小沫离开后，陈默和小晴并肩站在墓碑前，都怔怔地望着墓碑，放空了视线。陈默先开口道："小晴，谢谢你。"

小晴淡淡一笑，眼泪不小心滑出眼眶："不用谢，咱们在一起的时候，妈对我那么好，我做这些都是应该的。"

"有时候，我真希望自己是个普普通通的人，上班下班，做菜洗碗，也许那样，我会是一个好丈夫、好父亲……一个好儿子。"

"那样的人生不属于你，现在的一切，都是命中注定。"

"也许吧！"

"陈默，还记得三十年前那天夜里吗？从那天起，我就爱上你了，直到现在，我还是爱你。命中注定，我爱上了一个充满理想的人，但命中注定，我无法和他一起生活。离婚之后，我渐渐明白了，爱情和生活就像白天和黑夜，白天要工作，夜里要睡觉，它们连在一起，又互不干涉，所以我能爱着你，也能和另一个人生活在一起，这也是命中注定。"

小晴接着说："看到你打人的消息，我很担心，冲动了许多次想打电话给你，但还是一一忍了，我不能让你影响我的生活，决不能，这就像黑夜要好好睡觉，决不能因为失眠而影响白天的工作。"

"谢谢你，小晴。"

"没什么好谢的，你也不需要对我有任何内疚，每个人都有自己的想法，我爱你，所以我支持你。我支持你的方式，就是带着孩子离开你，我不想让她见到你失魂落魄的样子，因为在孩子心里，永远都需要一个能让她骄傲的父亲。你爱你的理想，并不影响我用别的方式去爱你。但假如你是一个普普通通的人，或许一开始我就不会爱上你。"

"这很矛盾。"

"对啊，谁说不矛盾呢？"小晴瞥了眼面无表情的陈默，"妈临终前对我说，她已经好久没听儿子唱歌了。每天晚饭后，别的老人都在外边跳舞锻炼，妈却一直守着电视机，用遥控器翻呀翻，找啊找，等呀等，可就是见不到儿子唱歌。坐着坐着，有几次都在轮椅上睡着了。她说这话的时候，好像并不难过，反倒很高兴的样子。后来我才发现，她只要说起你，就会很高兴。"

小晴无声落泪："妈走的时候只流了几滴眼泪，那应该是不舍吧。不过，她一直都在微笑，就像她床头那张照片里一样，她牵着你的手，笑得很开心。"

陈默转身望着小晴："能抱抱你吗？"

小晴抹去眼角的泪花，大方地伸开双臂。

陈默将小晴紧紧地拥在怀里，随后，陈默先是缓缓地抽泣，最后竟放声大哭，哭得就像个孩子。细雨，淅淅沥沥地淋湿了墓碑，面前的一切，看上去都那么宁静而潮湿。

小晴小心翼翼地抚摸着陈默的后背，并在他耳畔轻轻地说："哭吧，哭出来会好些。"

公墓停车场，小晴开车载小沫离开了，望着那朦胧里渐行渐远的汽车，陈默感到了巨大的失落和孤寂。是啊，许多东西和岁月一样，一旦失去，无论如何都找不回来。

王烨撑着伞，站在陈默身旁，他拍了拍陈默的肩膀说："好了，咱们上车吧，大家都在等你。"

回到车上，王烨从手套箱里取出一包烟，给每个人都发了一支，自己也点了一根。然后他摇下所有车窗，五个男人就静静地坐在车里，望着外面的细雨，默默地抽着烟。从公墓下来的人不少，有的人还在哭，值此生离死别的之际，一场无边无际的小雨让气氛更显忧伤。对于凡夫俗子，要说心无增减，又谈何容易呢？

陈默这么一想，便开口道："王烨，你和主办方聊得怎么样？"

"说好了。"王烨把烟灰弹落窗外，"主办方说，虽然你没参加拉萨的演出，但他们对你的情况表示理解，合同依然有效，也就是说，演出费不会少。"

"大理的演出是哪天？"

王烨掏出手机看了看："下周六。这次不用开车，周四直接飞过去，周五和当地乐手排练一天，周六晚上表演结束后，还要参加音乐嘉年华的庆功会。"

陈默转头问车后的雷原他们："时间上大家没问题吧？"

众人纷纷表示 OK。

"行了，咱走吧。"陈默说。

王烨问："现在去哪儿？"

"吃饭啊！"雷原喊道，"你不知道快中午了吗？"

"吃什么呀？"

"大栅栏吃涮羊肉。"

"得嘞。"

汽车开动起来，缓缓驶上了车流密集的公路。王烨打开收音机，居然听到了江诗蕾的消息："大型古装玄幻电影《陨落》近日在横店开机，影视剧演员江诗蕾出席开机仪式，这是她宣布暂时无限期退出演艺圈后第一次露面。据相关媒体报道，江诗蕾的离婚手续已办理完毕，而江诗蕾本人也在微博中表示，她将尽快投入工作，用最短的时间从离婚的阴影里走出来，粉丝们集体回应，我蕾加油！"

雷原一脸不可思议，趴在开车的王烨身后说："小孩儿，你这女明星说话怎么这么别扭啊？自个儿出的轨，还成自个儿的阴影啦？"

王烨笑道："不用想都知道，这肯定是公司替她说的。"

"看情况，这姑娘又要火了，你不回去啊？"

"虽然老头儿比姑娘难伺候，但我愿意伺候老头儿，尊老爱幼嘛！"

"嗨！你个小兔崽子。"

下一刻，收音机又传来一则新闻："大型音乐竞技类节目《摇滚英雄会》第三季即将登陆苹果卫视，本季将带来怎样的精彩？请关注《摇滚英雄会》官方微博……"

陈默问道："王烨，是这个节目发的邀请函吗？"

"是啊！"王烨漫不经心地说。

"我想参加。"

陈默一语，骤惊四座，王烨下意识靠边停车，一脸错愕地问：

"真的？"

"真的。"陈默爽朗地说，"我想参加。"

楚哲说："你可想好了，那种节目侧重于表演，咱上去唱得再好，估计也占不到什么便宜。"

"我想在电视上唱几首。"

"为什么呀？"雷原问，"怎么突然有这种想法了？"

"大家支持我吗？"

"当然支持，既然你无所谓，我们还在意什么呀？"吴飞腔调坚决，"你们说是不是？"

众人表示认同，陈默问王烨："这比赛要多久，嘉年华那边怎么办？"

"这你放心，只要你参加，我会把那边的事情推干净。"

"好，那麻烦你了。"

夜里回到出租屋，陈默已相当疲惫。开门进去，他看到那三个年轻人都默默地坐在客厅地上，似乎愁容满面。

"呀！大明星回来啦！"猴子转头一看，喊道。

三人连忙从地上爬起来，笑嘻嘻地望着陈默。

"你们这是怎么了？出什么事儿啦？感觉都心事重重的样子？狗熊，难道你又失恋了？"陈默笑道。

"哪有？我倒是想，可眼下也没这机会呀！"狗熊笑得眼睛都快看不着了，"陈叔，原来你是明星啊，我们前些天才知道，怪不得你唱歌那么好听呢！"

"哟！谁告诉你们我是明星的？"

大壮说："您就别装了，网络上都炒翻了，您在纳木错唱歌的视频大家都在疯传呢！"

"好了，都坐下吧。"陈默走进客厅，坐在了年轻人中间，"什么明星不明星的，咱们之间，就是朋友。是不是狗熊？"

"那当然，不过您得给我签几个名。"狗熊挠了挠鼻梁说。

"就咱们这关系，这也叫事儿？哎！怎么了你们，我进来前你们一个个儿跟木桩子似的不说话。"陈默扫了眼客厅，"也没喝酒，你们坐这儿干吗呢？大眼儿瞪小眼儿的？"

"陈叔，我们过几天就走了。"大壮说。

"去哪儿？搬个地方住？"

大壮长长地叹了口气，摇头道："离开北京，我们要回老家了。"

"回老家？什么意思？工作不顺利？"

"嗯，我们总觉得，这地方似乎不属于我们。"

"为什么？北京不好吗？"

猴子眉眼低垂，说："这地方太好了，太迷人了，但我们都累了。想想这些日子，每一天都像在混日子，匆匆忙忙的，到头来也不知道自己做了些什么。经常在回来的地铁上睡着，醒来后，这种感觉会更强烈。有时候真希望，地铁就那么开下去，永远都不要停下来。"

"猴子说得对，我们每天都像在赶集。"狗熊盘起腿说，"我从前也是个有理想的人，现在理想没了，我不知道留在这里还有什么意义。"

"哦？狗熊，你的理想是什么？"陈默笑问。

"我的理想就是和女朋友结婚，然后一起奋斗，再生一个小狗熊。"狗熊有点儿不好意思地说，"过去只要想想这件事儿，无论多少苦，我觉得都能吃。现在不行了，自从她和我分手以后，我连一天吃几顿饭都不知道。晚上睡不着，睡着了也会梦见她，醒了更失落。其实话说回来，她的要求并不多，不就是一套房子嘛，可我就是买不起。她对我说，假如她是一只鸟，她肯定会嫁给我，因为鸟只需要在树上筑个巢。”

陈默拍了拍狗熊的肩膀。

“你这理想太具体了，我觉得理想是一个很抽象的东西，我说不来，就觉得只要我每天夜里睡在床上回想这一天的时候，能感觉这些光阴没有虚度，这应该就算是理想的生活吧。”

“嗯！有道理。”陈默抱起双臂，点头道，“让每一天都有意义。”

“没错。”

“那大壮呢？你的理想是什么？”

“我的理想就是回老家，开网店，卖川味儿腊肠，等挣到很多很多钱以后再杀回北京，我要告诉这个城市，老子不服！”

“你是四川人？”

“嗯，四川的。”

“小伙子有血性，我欣赏你。”

“哎？说了半天，陈叔你年轻的时候，理想是什么呀？”狗熊满脸好奇地问，“是当明星吗？当最最厉害的摇滚明星。”

“我啊。”陈默掏出香烟点了一支，“我年轻那会儿的理想可比你们大多了，要不你们猜猜？”

“您就别逗我们了。”猴子说，“这哪能猜到啊？”

陈默搓了搓猴子的脑袋，笑说：“我那时候的理想，就是要做全世界最牛逼、最牛逼的摇滚歌手，无论你在地球的任何哪个角落，只要打开收音机，就能听到我的歌声。怎么样？这理想大吗？”

"这不叫理想，充其量算瞎想。"狗熊说。

"谁说不是呢？可不是瞎想嘛！我爸当时一听就蒙了，半天才缓过神儿，一只皮鞋飞过来，差点儿飞我嘴里。"大家都笑了起来，陈默接着说，"再后来啊，我就坚持着这个理想，没过几年我就清楚地认识到，自己是他妈想多了。"

"然后呢？理想破灭以后，你怎么做的？"狗熊忙问。

"狗熊，我要是你，我就去找那个抢我女朋友的男人，狠狠揍丫一顿，我保证打得他妈都认不出他。"

"我要是打不过呢？"

"打不过也得打呀，打不过那算身体输了，你要不打，那你的理想不也输了吗？"

"说的有道理。"

"逗你呢。"陈默哈哈一笑，"狗熊，放下吧，生活就是这样，不可能事事如愿。当生活把你击倒的时候，你要爬起来，吐干嘴里的血，笑着对丫说，有种再来！"

"你们知道我现在的理想是什么吗？"陈默看了看手里的烟头说，"我现在的理想就是希望时间能倒流，从头再来。"

"怎么再来啊？从哪儿开始？"大壮问。

"就从1987年的那个晚上开始吧！"

"叔，说说看。"

"那天晚上好像有点儿下雨，在一盏昏黄的路灯底下，我遇见了一个北京小妞。她说她喜欢我，我细细一看，挺漂亮，我也挺喜欢她，这算是对上眼儿了。后来，我们相爱了，我发誓要爱她一辈子，她才嫁给了我。

"婚后的生活虽然平淡无奇，虽然磕磕绊绊，但我们都知道，我们谁也离不开谁。她是一位舞蹈演员，跳舞的样子，永远都那么迷人。而我呢？我是一位小有名气的音乐制作人，不是很忙，赚的钱也够花。她做的饭很好吃，我每天下班第一件事就是飞快地赶回家。推开门，她正在厨房做饭，我从她身后抱住她，轻轻吻她的侧脸，然后对她说，我饿了。"

"这个画面是不是太美了？"狗熊不禁感叹。

"后来我们有了孩子，是一个女孩儿，当她夜里啼哭的时候，我总是被弄得手忙脚乱、不知所措。后来我也开始习惯了，开始懂得她小小的不易表达的情绪。她长得很快，一晃就六七岁了，为了不让她害怕黑暗，在她睡觉前，我都会给她讲一个故事。那些故事都很精彩，故事里的许多人都像妈妈一样善良，像爸爸一样勇敢。她在爸爸、妈妈的呵护下，很快就长大了。她很健康，又多才多艺，她喜欢听爸爸唱歌，也喜欢看妈妈跳舞。她这一生最最幸福的回忆，就是爸爸、妈妈陪伴她的每一天。日子过得太快了，一眨眼，我和她妈妈都成了中年人，但我们一起出去买菜的时候，我还是会牵着她的手。她嫌我老不正经，而我总是会说，难道你不爱我了吗？"

所有人脸上都洋溢着暖暖的微笑。

陈默眼眶似乎闪起了泪光，继续梦一般地说道："我的父母和她的父母都很健康，每年过年，我们一家人都会在一起。四季轮回，很快我们也变老了，孙子都去上大学了。在那些天气好的黄昏，我经常会挽着她出去走一走，当我们路过1987年的那盏路灯，她撩了撩额前的白发问我：'假如再给你一次重来的机会，你还会选择我吗？'"

"快说啊，你会怎么回答她？"狗熊急问。

"我啊，我会很生气地说，老太太，你怎么又吃饭不擦嘴呢？"

众人笑得前仰后合。

"陈叔，我想问一个问题。"猴子问。

"你说。"

"假如真有重来一次的机会，你真的会放弃摇滚，选择做一个小有名气的音乐制作人吗？"

"不然呢？"

"我不信。"

"为什么？"

"因为你的理想是摇滚全世界。"

"算了算了，不说我了，说说你们吧！"陈默捻灭烟头，"过去我有一个很肤浅的认识，我觉得你们这代人压力大，所以活得很现实。但在和你们的接触中我慢慢发现，这个认识是错误的，其实你和我们一样，都很热爱生活，热爱姑娘，热爱自己的理想。别说你不知道自己的理想是什么，其实很简单，就像猴子说的，当你不会再认为眼下所做的一切是虚度光阴的时候，你就算找到理想了。"

"原来我们在你眼里，就这么行尸走肉呀？"大壮说。

"所以我说了嘛，这是肤浅的认识。"

狗熊唏嘘道："陈叔，就在刚刚，我突然有了一个新的理想。"

"哦？说说看。"

"在我们离开之前，能不能再听你唱几首歌？"

"没问题，猴子，去拿吉他。"

"这样恐怕不行。"大壮一本正经地说。

"怎么了？有什么不行？"

"您看，这房子这么小，哪能装得下这么大的摇滚明星呢？"大壮说，"而且陈叔，我们算不算你的朋友？"

"当然。"

"那我们想提一个要求，行不行？"

陈默笑说："可以啊，说出来。"

"我们要听地下道演唱会，就像您在视频里那样，成吗？"

"问题倒是不大，只不过那个地下道里围观的人太多，闹不好又会被警察找上门儿的。"

"哎？咱们这附近不是有一个地下道吗？"猴子眼睛一亮，说，"小点儿，来往的人也少，现在都快凌晨了，估计早没人了。"

"陈叔，怎么样？"狗熊满眼期许地问。

"这个嘛……"

"您就帮我实现一次理想吧！"

"好！"陈默用手拍了拍大腿，爽快地答应了，"那我就给你们开一次演唱会，只为你们三个人。"

三个少年登时欢呼雀跃起来。

"既然是开演唱会，那就得有开演唱会的样子。"陈默掏出电话，"你们稍等，我叫一个乐队过来。"

"什么乐队？"

"抗衡乐队。"

将近凌晨一点钟，这里的路上已经没有多少车辆了，偶尔会有几个醉汉路过，前仰后合地走进了无边的夜色。这里的地下道的确比王府井的小很多，但灯光却异常明亮，因为下了一天的雨，地下道里显得有些闷热。此时，这里已是人迹寥寥，空荡荡的走廊里，即使小声说话也清晰可闻。

在王烨的帮助下，四个老男人将设备一一调试完毕，三个少年则坐在他们对面，身边放着四扎啤酒，大概已经做好了不醉不归的准备。

"嘿，你们三个小东西真是走了狗屎运啊！"圆子说，"你们知不知道，从我们玩音乐开始到现在，陈默从没给谁唱过专场！你们这几个小兔崽子，现在不禁能听专场，还能一边喝啤酒。你，这个胖小子，叫狗熊是吧？"

"是啊！"狗熊满脸堆笑。

"愣着干吗？给我一瓶啊？"

"哎，得嘞！"

"圆子，你们可能不知道。"陈默背好吉他，对着麦克风说，"我遇见这三个孩子的那段时间，应该算是我人生当中最最艰难的一段时光。他们帮了我很多忙，也让我知道了许多事情。过去我非常害怕和陌生人交流，但是在狗熊失恋的那个夜里，这三个孩子居然让我说了好多好多的话。那天晚上，我和他们喝了好多酒，有几次我们碰杯的时候，我不仅想起了1987年演唱会的那天夜里，圆子、小哲、我还有小飞，我们坐在路边也喝得天昏地暗。那时候我们理想是什么？"

"冲出亚洲。"吴飞说。

"摇滚世界。"楚哲笑道。

"是这几个孩子让我看到了自己的心里，还装着那几个早就在时光里走远的少年。也是那天晚上，我居然睡着了，自从得抑郁症以来，那是我第一次不用吃安眠药就踏踏实实地睡了一觉。而且自从那天起，我再也没有失眠过。"陈默挥手道，"来吧大壮，给我们都来一瓶吧，除王烨之外。"

"我为什么不能喝呀？"

"你个小兔崽子，待会儿开车是不是想把我们送密云水库去？"圆子瞪眼道。

"不喝就不喝，我喝可乐！"

北漂少年、王烨和抗衡乐队围成一圈，众人碰杯后，陈默说："狗熊、大壮、猴子，谢谢你们，希望你们能美梦成真。小飞、圆子、小哲，谢谢你们的不离不弃。王烨，也谢谢你，回头把我的工资给我结一下。"所有人都笑了，"我陈默先干为敬！"

圆子放下酒瓶，回到了麦克风前，手里 solo 着一段节奏舒缓的旋律，陈默轻扫和弦，笑说："沉默爆发演唱会，北漂专场，现在开始！"

吴飞的鼓声在圆子的一段提速节奏后排山倒海而来，所有人都在磅礴大气的节奏中摆动起来，就连狗熊也扭起了粗壮的腰肢。

只听鼓声落下，陈默唱道：

再一次，我淹没在掌声中

（主音吉他演奏着舒缓的旋律，小哲的贝斯让歌曲背景显得更为深邃。也许是因为喝了酒，陈默的嗓音微微发颤。）

眼前的你竟如此激动

黑暗中，世界已仿佛停止转动

你我的心不用双手也能相拥

（吴飞铿锵的鼓声渐入，这让三个北漂少年和王烨都情不自禁地呐喊起来。）

如果有一天，我迷失风雨中

我知道，你会为我疗伤止痛

也许我们的世界

终究有一点儿不同

可是我知道你将会陪我在风雨中

（主音吉他的声调如烈火般腾向半空，鼓声似乎在地下道里炸裂开来，陈默终于扯开了浑厚而沙哑的嗓子，北漂们不顾所以地合唱起来。）

请你为我

再将双手舞动

我会知道，你在哪个角落

看人生匆匆

愿我们同享光荣

愿我们的梦，永不落空

WOO 请你为我

再将双手舞动

就让我们，把爱留在心中

也许有一天

我老得不能唱也走不动

我也会为你献上最真挚的笑容

（圆子的鬼手依旧在琴面上飞快地移动着，小飞的鼓已经打到了忘乎所以的境地，整个地下道，似乎早就燃烧了起来，除了酒的味道，那些闷热的水气早就被蒸干了。几个年轻女孩路过，她们掏出手机，匆匆录了一段便离开了。）

感谢你，与我患难与共

（陈默的嗓音已变得沙哑无比，而他的脸上除了微笑，竟然默默地流下了几行热泪。）

感谢天，我的心有你懂

感谢在泪光中

我们还能拥有笑容

虽然在此刻

我们必须暂时互道珍重

（老男人们集体和声，北漂少年已是热泪盈眶。）

请你为我，再将双手舞动

就让我们把爱留在心中

也许有一天

我老得不能唱也走不动

我也会为你献上最真挚的笑容

（鼓声落下，似有空谷回响，陈默闭起双眼，深深吸了口气，唱到。）

我也会为你献上最真挚的笑容……

当天晚上，陈默很快就睡着了。他梦见了许多人，梦到了那个人潮涌动的演唱会，一切都那么真实。一开场，他就演唱了这首《给所有知道我名字的人》。他似乎在人群中看到了一个女孩骑在一个男孩肩头，挥舞着手臂，和他一起唱完了整支歌曲。

第二天清晨，雨后的北京风清气爽，令人振奋。在苹果电视台的会客大厅里，陈默等人坐在会议桌前，都在等《摇滚英雄会》

的总导演木然的到来。

等待的空闲时间，王烨对陈默说："音乐嘉年华的主办方说，他们老板特喜欢你，虽然这次咱们毁约，让他们老板有些失望，但他还是支付了一场的演出费。而且他们老板想和你做个君子协定。"

"什么意思？"

"他们老板说，你欠他两场演出，等《摇滚英雄会》结束之后，他希望你给他补上。"

"告诉他没问题。"

话音刚落，门外突然走来了一拨电视台工作人员，大概有七八人，胸前都挂着单位的门禁卡。他们纷纷向陈默点头致意，然后在陈默对面落座，转而将手里的笔记本摊在面前。最后进来的那位，西装笔挺，眼神犀利，稍显花白的头发背在脑后，留着精致的胡须。看年纪，大概五十岁上下。

众人起身，王烨向陈默介绍道："这位就是《摇滚英雄会》的总导演木然先生。"

木然微笑而至，同陈默握手道："陈老师，我等了这么久，您终于回话了！我在这儿代表节目组向您表示热烈欢迎。"

坐在对面的工作人员纷纷鼓起掌来。

"您客气。"陈默说。

木然又同雷原、吴飞一一握手，在同楚哲握手时，木然笑道："小哲老师，咱们可好久没见啦。"

楚哲客气地说："是啊！您这节目是越办越好了。"

"下来有个音乐制作的事儿想跟您聊聊。"木然说，"不知道您有没有时间？"

"工作的事儿，您可以联系工作室，或者直接来工作室找我。"

"那就麻烦了。"木然的声音如暖阳一般，举手投足间有一股儒雅之风，但在这些唱摇滚的人眼里，就多少有些做作了。

陈默等人落座后，木然在预先放置的一台笔记本电脑前坐下，然后叫工作人员打开了远处的幻灯机，将电脑中的幻灯片投向大厅中央的幕布："各位老师，首先欢迎各位来到《摇滚英雄会》的舞台。下面呢，由我来介绍一下比赛的内容和规则。"

"这次呢，我们和前几季一样，参赛选手仍是八名。这其中有乐队，也有独立歌手。选手名单如下。"木然点击鼠标，墙上的幕布出现了本次参赛的选手名单，王烨一眼就认出了和他对殴过的刺头乐队。除此之外，还有几支乐队都是当下炙手可热的角色，"陈老师，您也看到了，这些选手基本上都比较年轻，虽说摇滚乐行情不好，但就目前市场来说，其中有几位的商业价值不容小觑。前两季虽然很火，但有人说节目太过商业化，所以请您来，是想用摇滚的情怀把节目档次往上拔一拔。这么说，希望您不要多想，作为总导演，我必须平衡各方面诉求，这是做好一档娱乐节目的基础。"

"没关系，您接着说。"

"比赛分四人一组，经过预赛的抽唱、翻唱、互选和自定义演唱，每组会胜出两位，参加最后的终极决赛。"

"什么是抽唱互选，您能不能解释一下？"雷原问道。

"对不起，我说得有点儿笼统。所谓抽唱，就是选手从我们选定的曲库中抽出一首经典的摇滚歌曲进行演唱，其实也是翻唱的一种形式。翻唱，是在流行曲库中抽选一首经典的流行歌曲，用摇滚的风格进行改编。"

吴飞眉头紧锁:"这个有难度啊!"

木然微微一笑:"这也是我们节目好看的地方。"他接着说,"互选,就是同组的四名歌手相互翻唱彼此的歌曲,从目前收视率来看,这个环节比较吸引观众。最后的自定义,就是自选歌曲,唱自己的歌也好,别人的歌也罢,都是可以的。"

"每一场演出,我们都会邀请各大媒体组成大众评审团进行现场投票打分,经过预赛四场演出的表现,每组累计票数前两名进入决赛。"木然指着幻灯片说,"决赛包括两场演出,第一场演唱的曲目,我们会征集网友的建议,也就是说,歌手必须演唱多数网友最想听你唱的那首歌。第二场依旧是自定义演唱,曲目自由选择。两场演出,由大众评审团投票和网络投票各占百分之五十的形式计算分数,最终决出冠亚季军。陈老师,您听明白了吗?"

陈默望着幕布,点头道:"大概明白了。"

"好的。"木然说,"接下来我再讲一下关于比赛的其他问题。第一,因为预赛阶段为录播,为保证节目的超高水平,对于比赛当天状态不好的歌手,我们允许假唱,但评审打分会在后台扣除百分之三十,平均加在其他歌手的成绩上。"

"假唱?"雷原惊问,"这有意思吗?"

"对于一档音乐类娱乐节目,我们首先保证的应该是好看好听,假如有失水准,冠名商那边也没法交代,请您理解。"

"我们绝不假唱!"雷原转头望着陈默,"你说呢?"

木然的笑脸稍稍有些尴尬:"当然,陈默老师也没必要假唱,不过在预赛阶段,假如陈老师出现严重感冒等情况,我们会在后期制作中加以美化。"

"假如出现这种情况，我会退赛的。"陈默说道，"我不希望给自己的音乐造假，这是我的原则，也请您理解。"

木然怔怔地望了陈默几秒钟，然后笑意重现："当然，我表示理解。那我接着说？"

"请。"

"好的。第二，既然是娱乐性比赛，就没有绝对的公平，所以在我们签订的保密协议中有一条，这里我需要重申一下。关于比赛内部运作的一切消息，选手不得向外界透漏。各位，这一点没问题吧……既然大家点头，那我就往下说了。第三，在比赛期间，我们会为选手配备两名助理，一切比赛相关事宜，比如彩排时间、服装乐器、音乐制作、现场效果等，请经纪人或歌手直接与助理沟通。"

"好了，大概要说的就这些，其他事宜都写在合同上，相信经纪人应该看过了，有问题，现在可以提出来。"

"我有一个问题。"陈默说，"可能是我的经纪人疏忽大意，我先在这儿给您道个歉。刚刚看那个选手名单，好像是我个人的名字，但这次参加比赛，我们是以乐队的名义，而不是我个人名义，请在宣传上把这个改过来，谢谢。"

"对对对。"王烨满脸堆笑，"这是我的失误，非常抱歉。我们这次要以抗衡乐队的名义参赛，而不是陈默本人。"

"陈老师，这倒不是多大的问题。"木然一本正经起来，"但您有没有想过，宣传一个不知名的乐队，可能会大大提高我们的宣传成本，而且在毫无噱头的情况下，无疑会对节目造成损失。"

"这是我唯一的要求。"陈默淡淡地说，"请导演采纳。"

木然看了看坐在旁边工作人员，又转头望向陈默，无奈一笑：

"好吧，就用抗衡乐队的名字，但我们会在宣传文案里突出陈老师，希望您能理解。"

"好的。"

"还有别的问题吗……没有了？好，那咱们进行下一项，抽签分组。"木然掏出手机说，"王烨，请你打开手机微信，我已经把所有选手的经纪人都拉进了《摇滚英雄会》的歌手对接群。现在，我会发八枚红包，分别装着一二三四五六七八的金额，顺序打乱，每个经纪人只能抢一个红包，然后大家把红包金额数截图发过来，一二三四元为A组，五六七八元为B组，大家明白了吗？"

"明白。"

"好，开抢！"

第十七章

　　真是冤家路窄，和刺头乐队分在一组，这是王烨万万没想到的。
而且就本组形势来看，情况不容乐观。除刺头以外，还有一位叫
陈青的当红摇滚女星，微博粉丝近千万，这次参加《摇滚英雄会》，
夺冠的呼声在网上犹如狂风骤雨，波涛撼天。

　　两天后，王烨代表抗衡乐队在电视台会客大厅抽取了第一场
演出的曲目。

　　当陈默和女儿坐在咖啡店里说话时，王烨的电话打来了："喂，
什么情况？"

　　"手臭。"王烨讪讪地说，"还不让重抽。"

　　"什么歌？"

　　"许巍的《故乡》。"

　　"这不挺好吗？"

　　"好？好个屁呀！人家刺头抽的《无地自容》、陈青抽的《梦

回唐朝》，我严重怀疑那导演给机器做了手脚。你想一下，就他所谓那几个有商业价值的歌手，抽的歌一个比一个好，有没有猫腻儿我还看不出来吗？要不咱撤了吧，别再毁了名声。"

"本来就没名声，拿什么毁呀？"陈默语重心长，"得了，你现在去楚哲工作室，让他想想编曲，我通知小飞和圆子，待会儿马上过去。"

挂了电话，小沫满眼期待地望着爸爸："怎么样？抽的哪首歌啊？"

"许巍的《故乡》。"

小沫得意洋洋地拍手道："我喜欢。"说罢，小沫轻声哼道："天边夕阳再次映上，我的脸庞。再次映着我那不安的心。这是什么地方，依然是如此的荒凉。那无尽的旅程如此漫长。"

"小丫头，唱得不错嘛！"

小沫笑逐颜开："我在美国的时候经常听，每次听都会特想你和我妈。你呢？你听到哪首歌的时候会特别想我？"

"我听不听歌都会想你。"陈默问，"是不是快开学了？机票买好了吗？"

"还有一个多月呢，我要看完你的比赛。"小沫嘟起嘴，挥动着手里的咖啡勺，"我跟我妈的门票，你准备好了吗？"

陈默笑道："那还用说嘛！"

"这还差不多。"小沫往木桌上一趴，目光炯炯地说，"爸，你害怕吗？"

"怕什么呀？"

"你怕不怕每场都得最后一名？自己被淘汰？"

"你觉得呢？"

"我觉得你不怕。"

陈默嘿嘿一笑："我什么都不怕，就怕你在美国吃不好睡不好。"

"哎呀！没跟你开玩笑。"小沫自顾自地说，"我有点儿害怕。我怕这比赛会打击到你，眼下你抑郁症刚有好转……"

陈默打断了女儿的担忧："相信爸爸，爸爸眼里只有摇滚。"

小沫喜笑颜开："这可是你说的！那我就放心啦！"

"你知道爸爸为什么要参加比赛吗？"

"我知道。"小沫用勺子搅着杯里的咖啡，"因为奶奶生前一直在电视机前等你嘛。你想弥补遗憾，我说得对吗？"

陈默摇头道："不完全是。"

"还有呢？"

"还有你。"

"我？"

"是啊！"

"为什么呀？"

"怎么说呢？在你需要爸爸的时候，爸爸总不在身边。我给你的太少了，所以爸爸亏欠你的太多。"

"爸！你干吗呀？"

"听爸爸说完。"陈默浅浅地笑着，"有些事儿，过去了就再也追不上了。那些亏欠的，你回头想要弥补，可能已经很多余了。对于你奶奶如此，对于你也是如此。现在你长大了，将来会结婚，也会有自己的生活，爸爸能弥补的就越来越少了。所以，爸爸参加比赛是想告诉你，往后的生活，你要和爸爸一样学着坚强。无论是是非非，无论起起落落，你都要学着坚强，知道吗？爸爸永远爱你。"

小沫狠狠地点了点头，然后笑盈盈地说："知道了，爸爸，我也爱你。"

当天夜里，抗衡乐队在楚哲的工作室排练到很晚，对于《故乡》这首歌的改编，大家也有了初步共识。陈默认为，这是一首描写异乡游子思念故乡的歌曲，所以最好在开头加入笛子，让背景显得尽量悠远，然后在民谣吉他的节奏里直接吟唱副歌部分，用最短的时间把听众带进情绪，如此一来，在对手那些劲爆的歌曲面前才更有胜算。几番尝试后，效果的确不错。

吴飞建议在最后副歌部分加入弦乐，用大提琴和小提琴显出背景层次，这一点也得到了采纳。

第二天下午，众人在苹果电视台拍摄了宣传海报和视频，就在离开电视台前往工作室排练的路上，陈默等人在电视台大楼前与刺头乐队不期而遇。领头的艾克依旧扎着马尾，脑袋两侧露出青色的头皮，由于发丝金黄，在人群里显得格外醒目。

"圆子哥，上次跟我们过不去的就这帮孙子。"王烨低声说道。

"就那个脑袋上戳屎的？"

"对，后边那几个绿毛红毛也都是。"

几句话的工夫，两拨人缓缓靠近，在电视台门前对峙而立。仇家见面分外眼红，剑拔弩张的气氛骤然加剧。艾克嬉皮笑脸地说："哎哟？我当谁呢？这不曾经的摇滚巨星陈默吗？"

"默儿，这是你粉丝儿啊？"雷原阴阳怪气地问道，"你这粉丝儿质量也太差了！怎么一脑袋大便啊？哎，你再看后头那几个，脑袋跟红绿灯似的，怎么那么欠抽啊？"

"你个老王八蛋，说谁呢？"满头红色大卷的喜子怒骂。

"说你呢！怎么着？"

"行了。"陈默言辞冷峻，是要身后的雷原克制，他对艾克等人说："我这兄弟说话不妥，得罪各位，我在这儿向大家道歉。"

"道什么歉呢？"吴飞义愤填膺，把短袖袖口往上一撸，"这他妈少教育！"

"行了！"陈默转头说，"咱们走。"

陈默说罢便准备离开，于是向前迈步而去，在与艾克擦肩时，却被艾克一把按住肩膀。身后的王烨等人见状，都向前冲来，却被陈默一把拦住。

"有事儿吗？"陈默淡淡地问，"说吧。"

艾克冷冷一笑，在陈默耳畔轻声道："老头儿，决赛有我没你，有你没我。"说罢，他拍了拍陈默肩膀，似乎在帮陈默掸去那里的灰尘，"陈老师，加油，咱们决赛见！"

自始至终，陈默都盯着艾克放在他肩上的手，一言未发。

当天，楚哲推掉了工作室的所有事务，几个老男人在这里拉开阵仗，开始了漫长、激情而又疲惫的闭门修炼。他们在排练中不断发现问题，在改正的同时又融入新的想法，虽然有时会出现分歧，但很快又能达成一致，这种音乐理念上的默契绝非一日之功。作为经纪人的王烨，除了端饭送茶的时间，几乎是全天候坐在排练房里，有时候，他会站在听众的角度向陈默提出建议，当大家休息时，他还会唱两首自己的歌，供大家消遣逗闷子。

"等比赛了结束了，我给你做盘专辑怎么样？"楚哲坐在排练室的音响上一边抽烟，一边对王烨笑道。

"一定要做。"雷原吃着刚刚切好的西瓜，美滋滋地说，"小孩儿，闹不好你就火了，到那会儿你跟那女明星……是不是？"

"从咱认识到现在，这女明星的梗儿都快用烂了，你们能不能有点儿创新？"

　　"这梗儿一千年也用不烂啊，哈哈哈！"

　　"王烨，你觉得我们现在这改编有什么问题？"陈默靠墙坐在木地板上，抽着烟，一脸严肃："实话实说。"

　　"问题……很多。"王烨先是脸色阴沉，转而喜上眉梢，"不过，这是我听过最好的版本！"

　　话音刚落，一个烟盒向王烨脑门儿飞去，王烨灵机一闪，嬉皮笑脸。只听吴飞大骂："你丫惊我一身汗！"

　　如此这般，三天的时光一晃而过，距比赛开始还有两天时间。这天夜里，他们终于完成了《故乡》的所有编排。为表示庆祝，五个人开车穿过北京五彩斑斓的夜色，在大栅栏附近开始了一场不修边幅的涮羊肉盛宴。

　　夜里八点半，这家涮羊肉依旧人头攒动，四面八方，弥漫着铜锅蒸起的热浪，要不是店里的冷气十足，根本就不敢想象人类怎么能承受这么可怕的燥热。放眼望去，桌前桌后，二锅头稀里哗啦，人们推杯换盏，风卷残云。在这里，你几乎看不到冷静思考的人，他们大多醉意盎然，满嘴火车，在一个个"等我哪天发财了"的话题之后哄然大笑，叫人忍俊不禁。

　　陈默等人靠窗而坐，从这里向外望去，可以看到华灯初上的北京露出自己妖娆的一面。那些上下班的年轻人，大都行色匆匆，似乎没有一秒多余的时间，可以浪费在上班下班吃饭与睡觉之间。偶尔有几个少年短暂地仰望星空，然后又弹起吉他，继续用注定没人理睬的歌曲，为这座拥挤的城市献上自己的不安与幻想。

　　上菜的空当儿，王烨掏出手机对陈默说："你猜猜咱们在纳木错唱歌那视频，现在点击量多少？你保准想都想不到。"

"几百万？"

"几百万？"王烨自鸣得意，"两千多万。昨天有家视频网站联系我说，他们想请咱拍个微电影，名字叫《摇滚朝圣》，你们有没有这方面的想法？"

"给钱吗？"吴飞问道。

"当然，还不少给呢！"

"可以考虑考虑嘛。"吴飞说，"默儿，你说呢？"

"你都高原反应得没人样了，还想去啊？"雷原对吴飞说。

"怎么着？你看我像一般人吗？"吴飞信誓旦旦地说，"为了咱国家的电影事业，我不怕牺牲，别看我是个卖汽车配件的，但在电影艺术上，我有自己的追求。"

"以后再说吧。"陈默淡淡地说。

"你看看，有网友说，咱把炒作变成了一门艺术。"王烨把手机递给陈默，"还有人说，咱们重新定义了炒作的概念，原来炒作也可以这么文艺。"

"挺好。"陈默望着王烨的手机，"只要没人说这是给摇滚泼大粪，说什么都无所谓。"

"按照视频传播量来说，咱的人气应该不错，但你看。"王烨点了点手机屏幕，"在《摇滚英雄会》的微博互动区，咱们的支持率是最低的。"

"谁最高啊？"楚哲问道。

"陈青。"

"什么鬼呀？"雷原惊叹。

"这没什么好奇怪的。"服务员送来两瓶二锅头，楚哲拧着瓶盖说，"那女孩儿本身就是唱摇滚的好料子，不仅乐感好，高音浑厚富有张力，低音磁性清晰，人又长得漂亮，经常在网上发些特个性的写真照片。我和这女孩的公司有些往来，前年帮她录过一首歌，她一唱歌，那范儿特正，说心里话，我当时就想起了默儿年轻那会儿唱歌的样子。"

"有那么好吗？别长他人志气，灭自个儿威风。"吴飞接过一瓶酒，给大家杯里满上。

"我实话实说，这女孩儿真不能小觑。"

"我觉得小哲哥说得没问题，因为我听过那女孩儿的演唱会。"王烨说，"现场年轻人那劲儿有多狂，我估计你们想都不敢想。有些歌迷为了要签名，都能跟保安打起来，你们说说那是什么场景？"

吴飞侧目，上下打量着王烨："没看出来啊？合着你丫是一内奸！你是不是陈青的粉丝儿？老实交代。"

"误会误会，我才没时间听什么演唱会呢！那次去是因为江诗蕾，她和陈青是好朋友，我是陪同参加。"

雷原问："你觉得那女孩儿唱得怎么样？有默儿好吗？"

"这怎么说啊？"王烨皱起眉间的"川"字纹，"感觉都特好，说不上谁更好。不过要我选，我会选陈青，毕竟唱摇滚的女孩儿稀罕嘛！"

"刺头乐队支持率位居第三。"陈默望着手机突然说。

"就那帮红绿灯？"雷原扑哧一笑，"没搞错吧？现在这人都什么品位？"

楚哲右手握着酒杯，食指缓缓敲打："这个乐队，并没你想象得那么糟。它之所以能受到年轻人的欢迎，多少是有道理的。

抛开他们浮夸的外表不说，只说他们的音乐，绝对有许多可圈可点的地方。他们的主唱音域很宽，尤其高音部分，既高亢又富含颗粒感，完全是真声嘶吼，没有混音，偏向于玛丽莲·曼森的硬核嗓。"楚哲心平气和地陈述着，"你们知道，这种摇滚的发声方式，如果使用得当是非常恐怖的。"

"对，这种嗓子倍儿凶残。"吴飞点头道，"爆发力和穿透力都非常夸张，这么一说，我倒觉得他们把脑袋搞成红绿灯儿也正常。"

"所以，他们的音乐听起来非常坚硬、炙热，短短十秒钟的硬核嗓就能把听众全带跑。"楚哲说，"我听过他们的现场，效果的确很震撼。"

"照你这么说，就没一丁点儿弱点？"王烨问道。

"弱点当然有。"楚哲看了眼陈默，"优点就是弱点。"

"什么意思？"

"可以说，他们在音乐技巧上出类拔萃，但正因为技巧，导致他们侧重于炫技，而忽略了歌曲想要传达的感情。这么说，你能明白吗？"

"也就是说……即使听上去激情澎湃，但歌曲走不到人心里？"王烨抱起双臂，"就像兴奋剂一样。"

"可以这么说。"

"可摇滚不就是为了让人们激动的吗？"王烨又问。

"应该说，那只是摇滚的一部分性格，而不是摇滚的灵魂。"

就在此时，挂在立柱上的平板电视出现了娱乐播报，一位身材惹火、面如皎月的女主持娓娓说道："近日，备受网友们关注的音乐竞技类节目《摇滚英雄会》即将登陆苹果卫视，据悉，本季《摇滚英雄会》在比赛设置、比赛流程等方面并无太多变化，最大程度上保留了原汁原味的竞技元素。值得网友们关注的是，本次参赛选手，可以说大腕儿云集，他们包括在摇滚乐坛呼声很高的摇滚才女陈青，以及拥有'摇滚抒情王国'名号的田园乐队，更有令人激情到忘乎所以的刺头乐队。除此之外……"

王烨怔怔地望着电视机，手里捏了把汗，自言自语道："该介绍咱们了吧！"

"除此之外，在参赛的八位选手中，还有几位正当红的年轻歌手，其中包括浪子乐队，他们的歌曲大多以旅行路上的所见所闻为蓝本，在网友中素有'摇滚旅行笔记'的称号，本次参加《摇滚英雄会》也是备受关注。另有一位不得不提的，那就是摇滚达人龙东，他是去年《摇滚英雄会》的季军，本次则以返场歌手的身份再战舞台，其帅气又显沧桑的外形在上季比赛中占尽优势，有网友戏言，即使龙东不唱歌，只要站在那儿，就会很美好。不知道在本季高手云集的形势下，龙东是否还能再入三强，我们拭目以待。"

"想了解更多娱乐资讯，请关注我们屏幕下方的公众号以及微博账号。"女主持甜甜一笑，"娱乐播报，娱乐不停，祝大家晚安。"

"呸！"王烨转头怒喝，"晚安个屁！这他妈能让人睡着吗？"

第十八章

　　"各位电视机前的观众朋友，以及现场的各位嘉宾，大家晚上好。我是主持人朱佳。欢迎大家收看大型音乐竞技类节目《摇滚英雄会》！经过节目组半年筹划，本季《摇滚英雄会》终于在万众瞩目中同大家见面，我谨代表节目组向各位观众送上最诚挚的感谢，感谢大家一路的呵护与陪伴。"

　　宽敞而华丽的舞台上，这位名叫朱佳的中年男人手持麦克风，站在明亮的灯光下，笑容收敛而稳重。可以说，这位一拿起麦克风就深情款款、落落大方的主持人，绝对称得上国内主持界的一线大腕儿。此刻，他正口齿清晰、水流云飞地念着《摇滚英雄会》的赞助商名称和广告："本季《摇滚英雄会》，延续了上一季的比赛形式，八位选手仍然分为两组，每四人一组，经过预赛阶段的抽唱、翻唱、互选和自定义演唱，每组累计票数排名后两位淘汰出局，剩下的四位选手将会进入最后的终极决赛。"

朱佳拿起左手印有"摇滚英雄会"字样的手卡，凝视道："本季参赛选手，绝对可以说高手云集，他们将会在接下来的比赛中一一亮相，为大家送上精彩纷呈的演出。"朱佳身后的电子荧幕上，八位选手的照片呈四人一组，分列屏幕左右，"各位选手经几轮抽签，被分为 A、B 两组，按往季惯例，接下来将由 A 组选手首发演出。那么，让我们沸腾起来吧！今夜，只属于摇滚！"

台下观众掌声雷动，朱佳对镜头保持微笑："下面出场的这支乐队，也许大家对他的名字非常陌生，但我要说到另一个名字，也许有很多人知道，尤其是那些年纪稍大一些的观众，应该都听过他的歌。上世纪八九十年代，他是叱咤于摇滚乐坛的风云人物，可以说，他是一个时代的烙印，虽说经年已久，但他魅力犹存。今天，他要演唱的歌曲，是许巍的《故乡》，让我们用最热烈的掌声，欢迎陈默！欢迎抗衡乐队！"

台下再次响起了汹涌的掌声，朱佳走下舞台，旋即所有灯光都昏暗下来，电子荧幕开始播放一段采访视频。

视频里，陈默他们四人坐在一间蓝色小屋的圆凳上，采访者的画外音蓦然传来："离开乐坛这么久，为什么突然想到来参加这次比赛？"

陈默答道："不能说离开吧，准确来说，应该算沉寂。"陈默笑了笑，"来参加这次比赛，主要还是因为导演的邀请，来这儿之前，其实我们在外地巡演。"

悠然的钢琴声响起，屏幕切到了一段模糊的画面，那是 1987 年陈默在首体那场演唱会的现场，画面中人潮涌动、巨旗翻腾，采访者伴随画面再次问道："大家都难以理解，你为什么要在自己最辉煌的时候选择沉寂呢？"

"人不可能永远站在山顶，不是吗？"陈默道。

"这次参加比赛，外界传闻很多，有人说你想借此机会重出江湖，是这样吗？"

画面切回蓝色小屋，镜头直对陈默，他想了想，然后眉头紧锁道："实际上，重出江湖这件事儿我一直都在想，但好像一直都找不到出口。"

"所以非常感谢导演给我们这次机会。"雷原接过话头，双手合十，对着镜头摇了摇。

"大家都在质疑你们的动机，有人说你们之前在网上不断炒作，就是为这次比赛聚拢人气，对于这样的声音，陈老师怎么看？"

"无论怎样，我今天来了，没什么可解释的。我们只想唱好每一首歌，而且站在舞台上，我们唯一要做的，就是不让那些喜欢摇滚的人失望。"

"您的理想是什么？或者说，您近期的愿望是什么？"

"好好唱歌，好好睡觉，这就是我的理想。"

电子荧幕一黑，出现了竖行的白色艺术字："抗衡乐队，《故乡》。"

台下掌声起落，一切归于寂静，台上亮起了幽暗的灯光，四个人影站在舞台中央，舞台左右密布着繁杂的乐器和等待的乐手。此时此刻，打击乐手缓缓拨动音树，发出了澄澈的风铃声，一阵悠扬的笛子紧随其后，那朴实无华的起伏，仿佛拉远了人们和故乡的距离。轻快如流的钢琴和若隐若现的鼓点在笛声中律动起来。从无到有，节奏渐快，鼓声变得密集起来，最后在一声爆裂中，舞台金光万丈。台下观众不住尖叫，电吉他开始了割裂感十足的solo，站在最中央的陈默背着一把夕阳色民谣吉他，沉醉地扫动着每一个节奏。

……

（电吉他的尾声在摇摆中拉升而起，架子鼓落下了最后一次暴击，陈默轻扫和弦，在宁静如黄昏一般的氛围里开口唱道。）

天边夕阳再次映上我的脸庞

再次映着我那不安的心

这是什么地方依然是如此的荒凉

那无尽的旅程

如此漫长

（电吉他失真的旋律在节奏的背后轻描淡写地起伏着。）

我是永远向着远方独行的浪子

你是茫茫人海之中我的女人

在异乡的路上每一个寒冷的夜晚

这思念它如刀让我伤痛

（陈默的嗓音由于拉高而变得沙哑厚重，一丝丝苍凉之意在节奏间细密纠缠，就像一个在远方流浪的人诉说着自己的孤独与寂寞。）

总是在梦里我看你无助的双眼

我的心又一次被唤醒

我站在这里想起和你曾经离别情景

你站在人群中间那么孤单

那是你破碎的心

我的心却那么狂野

（片刻寂静后，吴飞的一声踩镲传来，连接着一声强音镲轰然响起，富含节奏的鼓点翻腾起来，雷原开始了摇曳凌空的电吉他 solo。渐强的鼓点躁动着每一个节奏之间的缝隙，就好像远方的游子走在回家的路上，每一个脚步之间都稳重而飞快，每一个脚印，都似乎包含着无数个夜晚对故乡的思念和期盼。）

……

你在我的心里永远是故乡

你总为我独自守候沉默等待

在异乡的路上每一个寒冷的夜晚

这思念它如刀让我伤痛

（暴雨一般的鼓点冲开了隐忍的口子，陈默的嗓音宛如在炉膛中憋闷许久的烈焰，那电吉他的旋律就像汽油一般泼洒上来，让陈默喷出了可以撕裂一切的火舌。）

总是在梦里我看到你无助的双眼

我的心又一次被唤醒

我站在这里想起和你曾经离别情景

你站在人群中间那么孤单

……

现场观众席里，有几个少年轻声跟唱，有几个女孩，眼角不经意漾出了泪花，也有些年轻人，随节奏摆动着身子。每个画面都好像在说明一个事实：摇滚，似乎是属于年轻人的，属于青春的，而唱摇滚的人，他永远拥有一颗赤子之心。

两个星期后，抗衡乐队在楚哲的工作室排练第四场自定义演唱。

黄昏，依旧那么温柔地堆在窗外，夏天马上就要过去，但气温却没有下降的势头。王烨满头大汗地推门进来，他给大家送来了晚餐。许久以来，王烨对大家的照料可以说无微不至，在吃的方面，他非常反对打电话叫外卖，王烨说，为保证大家有一个良好的状态，我必须亲自在放心的餐厅给大家买饭。

休息室，五个男人坐在电视机前一边吃饭，一边有说有笑。就在此时，电视屏幕里出现了熟悉的娱乐播报，那位妖艳的女主持今天一身红裙，颇为醒目："大家好，欢迎大家收看娱乐播报。众人都非常关注的《摇滚英雄会》将在本周末迎来预赛阶段的收官之战，究竟哪几位选手会顺利进入决赛，我们先来看看各位选手目前的累计票数。根据《摇滚英雄会》官方统计，B组的田园乐队以三百多票遥遥领先，排在第二、第三的选手，票数也相差悬殊，如果不出意外，B组的晋级名额已非常清晰。而A组的情况，摇滚女星陈青也以两百八十三票的高票位居第一，但排在第二位的刺头乐队和第三位的抗衡乐队，票数却相差无几。

"也就是说，这一组的晋级形势仍是雾里看花。有乐评人分析，出现这种情况，是意料之中的事情。由老牌摇滚明星陈默组建的抗衡乐队，虽说在第一场抽唱环节位居小组第四，但在第二场，他们以一首摇滚改编的《女人花》赢得了一片叫好。在第三场互唱阶段，更是以陈青的成名曲《别给我一颗子弹》而票数大增，从势头来看，抗衡乐队一路高歌猛进，气势如虹。著名乐评人甚至赞扬道，这是一个时代的复活，只要抗衡乐队在第四场演唱自己的成名曲《摇滚的鸡蛋》，出线应该是毫无疑问的事情。"

"你们看看，我说唱这首歌肯定能出线吧？"雷原满嘴嚼着米饭，得意地说。

"而红透半边天的刺头乐队，从第二场开始便不在状态，甚至在第三场陷入假唱门事件，后续仍在网上发酵。有网友抽出同期节目的不同桥段，发现刺头乐队主唱在演唱中的声音和演唱后的致谢声有较大出入。对于此事，网友们纷纷在官方微博下口诛笔伐，对于假唱歌手，为何依旧会得到高票？现场评委难道听不出来？因此节目的公正性受到了很大质疑。迫于压力，官方终于在昨晚发布声明，声称在第三场比赛中，刺头乐队主唱确因身体不适，受到了节目组的特殊照顾，但作为一档音乐类节目，刺头乐队和节目组首先是希望带给听众好听的歌曲，所以在保证歌曲质量的同时，忽略了公正性，希望各位观众谅解，也希望大家理解。"

"就在昨晚，抗衡乐队主唱陈默竟然也在微博上替刺头发声，他说：'假唱，这的确不好。但他们也的确不错。这是摇滚和商业的妥协，并不能证明他们没有实力。'微博一出，赢来一片赞扬之声，但也有人怀疑，这只是节目组精心策划的一场亡羊补牢的大戏。有网友认为，在此之前，陈默本人并没有微博账号，而在这个敏感时期注册新号替刺头解围，是非常可疑的。"

"你什么时候注册的微博账号啊？"王烨目光惊异地落在陈默身上，"干吗要替这帮人说话？是不是因为导演？"

"默儿，你干吗呢？"吴飞放下手里的饭盒，"比赛那天你不还在骂节目组纵容假唱吗？现在让活逮啦，咱胜算不是更大吗？你干吗要替他们说话？是不是导演压你了？要真这样，咱现在就把黑幕报出去。"

陈默淡淡一笑："我自己发的。"

"你什么意思？"雷原没好气儿地问道，"假唱这么可耻的事儿，难道还得扶着？"

几个人里，只有楚哲默默地吃着自己的盒饭，笑而不语。

陈默喉结上下一抽，嘴里的饭粒被悉数咽下，他满不在意地笑道："大家别生气，怪我事先没跟大家商量。我是觉得，这节目挺好，看见那么多年轻人喜欢摇滚，我挺高兴的。而且，每次看着这些唱摇滚的年轻人在台上演唱，我总能想起咱们年轻的时候那不顾所以的劲儿。替刺头说话，我是不想让大家都觉得，这些唱摇滚的，为了钱，现在什么都能干出来。"

"又唱高调！"王烨摇头道。

"闭嘴，赶紧吃饭！"雷原带着批评的口吻对王烨喝道，"大人的事儿，小孩儿别管。"

"我认为默儿做得对。"楚哲终于开口，"这样一来，咱们既不失风度，又坦坦荡荡。而且在这种情况下，咱们出线的概率也会大大提高，没什么不好的。"

"我不认为这是好事儿。"王烨看了看雷原，小声道，"你这么做，人家不照样怀疑你的动机吗？没事儿的时候你不注册微博，出事儿啦你就有微博啦，是我我也会认为，你这肯定是被节目组收买，替他们遮羞。我更会怀疑你们这些人都在假唱，都是为了钱，披着情怀的外衣搞娱乐节目。想一想都觉得恶心吧？这就是坑，你这么替刺头说话，不是自个儿往里跳吗？你看别的选手，都鸟悄儿的，那田园乐队甚至发微博录视频，证明自己不是假唱呢，而且人家态度鲜明，忙着撇清关系，说自己从出道以来，最鄙视的就是假唱。你倒好，还替人家打掩护啦！"

"好啦，我的王爷！"陈默说，"我知道你是为我好。不说了，别人爱怎么看怎么看吧。我唯一能做的，就是唱好自己的歌。"

陈默合起空空荡荡的饭盒，收拾好自己面前的杯盘狼藉："大家快吃，再练两个小时，今天早点儿收工，各位辛苦啦，好好休息一下吧！"

突然，陈默的电话响了，掏出一看，是导演木然："导演好，我是陈默……好的，我现在就过去……好，知道啦，回见。"

"干吗？"雷原一脸拧巴地问，"他找你干吗？"

"谈事儿呗。"

"早不谈晚不谈，这节骨眼儿上谈。"吴飞道，"是不是想给咱潜规则呀？"

"别老把人想那么坏。"陈默起身，"待会儿大家先练，我去去就回。"

"你可得把持住啊！"雷原说，"咱可都是有原则的人，不能没下限。"

"知道啦。"

"叫王烨开车送你吧。"吴飞说，"正好让他听听，娱乐圈这事儿，小孩儿比咱明白。"

"就是，我跟你一块儿去。"王烨放下手里的饭盒，起身道。

"不用啦。"陈默目光清润，语气温和，"导演说小事，我打车去，马上回来。"

王烨满脸质疑："小事儿不能电话里说？非得见面聊？我就不信是小事儿。"

"行了，你们待着吧，回头儿告诉你们不就得啦？"

陈默在北二环一家气派的茶楼前下车时，天已经黑透了，头顶月明星稀，风里燥热残存。走进茶楼，在一间别致的包厢里，木然正在和一位身穿青色旗袍的煮茶女孩搭讪。见陈默推门而入，木然连忙从古色古香的木椅上起身，笑脸相迎。

二人难免一阵客套之后，木然便让煮茶女孩退了出去。

面前的青花瓷杯里，木然已为陈默注满了颜色澄亮的茶水。

"这家茶楼有我的股份，所以请您到这儿来喝点儿好茶。"木然用手指着面前的紫砂壶笑道，"这是顶好的白毫银针，是我亲自采摘烘焙的，待会儿走的时候，给您带几罐儿。"

"您客气啦。"

"喝茶。"

陈默端起茶杯，先闻了闻，的确淡香清鲜，萦绕不绝。小啜一口，齿间甘冽，舌尖醇和。

木然问道："怎么样？"

陈默点头笑说："非常不错。"

"这个茶清热祛暑，降火解毒，非常适合夏天喝。有人说，一年茶三年药七年宝，养生嘛。"

"导演的生活品位很高啊。"陈默不禁恭维起来。

"没有没有，算是平时爱好。"木然见陈默放下茶杯，立马端起茶壶，为陈默续茶，"今天请您一个人过来，有些唐突，希望小哲老师他们别生气。"

"没关系，他们在排练，都懒得往外跑。"

"那是那是，几位老摇滚人的敬业精神真是值得所有年轻人学习。"木然放下手里的紫砂壶，脸上突然露出了左右为难的表情，他十指相扣在桌上，大拇指相互画圈，显得无比纠结："这话不知道该怎么讲，但又不得不说，希望您听了以后别生我气。"

"瞧您说的，我这把年纪了，没那么脆弱。"

"好！那我就放心了。"木然狠狠点头道，"事情还是关于比赛的。首先呢，我非常钦佩陈老师能为刺头乐队说话，这是我没想到的，我在这儿先替他们谢谢您。"

"您想多了，我不是在替他们说话，我是在替摇滚说话。所以，没什么可感谢的。"

"无论如何，还是要谢谢您，我给您鞠一躬吧！"

木然正欲起身，被陈默连忙制止："千万别这样，不至于。"

见陈默坐回原位，木然眉眼低垂道："节目搞成这样，谁都不好看。这些天，几个投资商先后跟我约谈，他们或多或少都表达了自己对节目前景的担忧。"木然长叹一声，"所以我好几个晚上没睡觉了。"

"看年纪，我比你大不了几岁，哥哥就想告诉你，想开点儿，没什么过不去的坎儿。其实这也不算大事儿，咱们第一次见面的时候，听你说假唱我就想告诉你，即使歌手状态不好，也没必要假唱。摇滚，首先是一种态度，其次才是音乐。你说呢？以后尽量避免吧！"

"您说得对。"木然说，"我也是喜欢摇滚的，否则我不会做这个节目。说实话，我还是您的铁粉儿呢，您每一张专辑我都有。我也知道摇滚的态度，但这些年，做了这么多娱乐节目，渐渐有了一种根深蒂固的思维，那就是做节目，百分之九十九点九九的追求都应该是伺候好观众，哄好他们，不能给观众有瑕疵的节目。从经验来说，这不仅能赢得好评，也能吸引更多投资商来投资节目。在我眼里，这是种良性循环，节目做得越好看，就能向投资商要更多的钱。钱越多，节目自然越有质量。

"所以，摇滚是什么，我并没放在心上。但这次我想明白了，我的想法是错的。有些节目，是需要真实的，也许在这种节目里，真实比完美更能打动观众。如您所说，摇滚首先是态度，其次才是音乐。"

陈默笑了笑，举起茶杯喝了一口："这不是挺明白的嘛！那就别纠结啦，好好做节目，好好睡觉。"

"其实今天叫您来，还有一件非常重要的事儿。"

"请说。"

木然低头沉思片刻，仿佛定了定神儿："我看到您报上来的自选曲目，是您的成名曲《摇滚的鸡蛋》。"

"是。"陈默点头道，"这次我们使用了全新编曲，融入了更多的音乐元素。"

"排练的怎么样了？"

"基本结束了，剩下这两天只需要反复熟练。"

"哦！"木然的眼神在柔和的灯下反复闪烁，透着难决的纠结。

"没关系，有事儿你说嘛！"陈默莞尔一笑，"别跟大姑娘似的。"

"这个事儿，真有些难以启齿，希望老哥哥您别生气。"

"不会！"

"那我就说了？"

"说吧。"

"您能不能不唱这首歌？"

陈默一愣："什么意思？"

"您可能不知道，刺头乐队后面有一家实力雄厚的赞助商，他们是这家赞助商的产品代言人。这次他们来参加比赛，赞助商投了一笔大钱，唯一的要求就是，刺头乐队必须进入前三强。不知道我这么说，您能不能明白？"

陈默捏起紫砂壶，给木然续茶，又给自己添满，脸上浮现出漫不经心的微笑："明白。"

"老哥哥，我很为难，这也是我失眠的主要原因。一方面，我不知道该不该告诉你。另一方面，我在想该怎么跟你说。可比赛近在咫尺，赞助商和台里都在不断给我压力。就目前来讲，无论是媒体还是网友，他们都对你唱这首歌的期待很高，假如你唱了，即使我能暗箱操作把你淘汰，但对于一档正处在信誉危机里的节目，这可能不是一个明智的选择。假如你坚持要唱，我也无话可说，但为了避免给电视台和赞助商造成巨大损失，就算再不明智，我也会把你淘汰。老哥哥，实在对不起，为了生存，我不得不这么做。"

陈默淡然地喝着茶："所以在这最后两天不到的时间里，我必须重新选歌，是吗？"

木然长嘘一声，点头道："是！"

"那今天就到这儿吧，我先走了。"

见陈默起身，木然箭步绕过木桌，挡在陈默面前，眉头紧锁道："老哥哥，您这什么意思？我不太明白！"

陈默淡淡一笑："我回去找歌啊！重新选歌的话，时间很紧，我得抓紧时间吧！"陈默拍了拍木然的胳膊，"我理解你，因为我也有睡不着的时候。"

木然抿了抿嘴，眼睛里闪出了晶莹的泪光，他激动地握起陈默的手，重重地说："老哥哥，谢谢您。"

木然叫司机往自己车上装了两箱茶叶，然后叫司机送陈默离开。回到茶楼安静的包厢里，木然的电话忽然响起。

接通后，只听电话那头问木然："怎么样？他答应了吗？"

"答应了。"

电话里传来一声唏嘘，好像如释重负："那就好。微博的事儿呢？"

"放心吧。"木然冷峻地说，"我已经找了十几个有影响力的写手，这两天会陆续发文，抹黑陈默。"

"告诉他们，一定要从动机入手。陈默替刺头说话，到底为了什么？"

"明白。"

挂了电话，一个西装革履的少年走了进来，毕恭毕敬地对木然鞠躬道："木导，陈青小姐已抵达三亚，酒店地址也发过来了，她问您什么时候过去？"

木然玩弄手机，目不转睛地说："告诉她，我马上过去，让她等我……对了，你给我叫个按摩过来，这几天睡多了，脖子有点儿疼。"

包厢里响起了律动十足的流行歌曲，木然跟随节奏，摆动着身子。他屁股下面的软垫在每个节奏之间，嘎吱作响，颇为欢快。

第十九章

　　当天夜里，陈默睡得很香。他梦见了许多温暖的人，有青春懵懂的小晴，有年轻温柔的妈妈，还有仍在襁褓的小沫。他还梦见妈妈对自己说："别难过，妈妈支持你。"

　　第二天清晨，首都机场门前，湛蓝的天空不时有银鸟一般的客机飞入云霄。陈默和小晴都满眼缱绻地盯着面前手握行李箱拉杆的小沫。此刻即将告别，虽说小沫依旧满面微笑，但还是难掩不舍，最终默默地流下了两行眼泪。

　　小沫向陈默展开双臂："爸爸，再抱抱。"

　　二人紧紧相拥，小沫将头沉沉地枕在陈默肩头，用手轻拍着陈默后背说："没关系，我明年还会回来的。"

　　"照顾好自己。"陈默轻抚着女儿的头发，最后给她额头深深一吻，"有事儿就打电话。"

　　"没事儿就不能打吗？"

“欢迎随时骚扰。”

“今年最遗憾的事情，就是不能陪爸爸比赛到最后。”小沫说，“虽然觉得结果不重要，但还是希望爸爸能进决赛。”

“爸爸会努力的。”

小沫踮起脚尖，轻轻吻了一下陈默的脸颊，旋即转身把小晴抱在怀里。

小晴已哭得眼眶泛红，眼泪仍止不住地滑过眼角。

“好了妈妈，别哭了，再哭我真不想走了。说了不让你送，你非要送，每回都哭成这样。”

“少吃生冷，你胃不好，知道吗？”小晴嘱咐道，“早中晚饭一顿都不能落下，再忙也得吃。常看天气预报，出门是抹防晒霜还是带雨伞，心里要有数。和同学处好关系，远亲不如近邻，明白吗？还有……”

“好了，妈妈，我都知道，这些话你都念叨一万遍啦。”

在来往的车流声中，陈默看了眼手表，笑道：“你妈就怕你记不住。行了小晴，让孩子进去吧，时间差不多了。”

小沫走出妈妈的怀抱，看了看身后的机场说：“在欧洲一些城市，机场很小，离开的时候会让人觉得轻松，就像出门买个东西似的。这个机场太大，每次离开都像一场仪式，总叫人心里难受。妈，别哭了，回国工作的事儿，我会认真考虑的。假如真要留在国外，我会提前和你们好好商量一下，你就放心吧！”

“好了小晴，别哭了，孩子什么都明白。”

小沫擦了擦自己眼角的泪花：“爸妈，我走了，你们照顾好自己。你们都是我的骄傲。”

陈默用手揽起小晴的肩膀，对小沫一仰下巴，笑道：“快滚蛋，你妈快绷不住了。"

三人挥手作别，小沫两步一停，三步一望，渐渐消失在航站楼的人海中。此情此景，让小晴泣不成声，陈默将她紧紧抱在怀里，右手轻抚她的后背。这个五十岁的女人，穿着花色艳丽的吊带裙，隔着那块轻薄的细纱披肩，陈默仍能感受到那裸露在外的肌肤有多么柔润。她哭得那么安静，和他们分手前一夜哭得一样安静，唯一的区别是，那天夜里，小晴离陈默很远，而此时此刻，小晴却紧紧地抱着陈默，很久都没有松开。

回到小晴车上，两个人很久都没有说话，直到汽车驶上公路，陈默才从口袋里掏出一张银行卡放在中央扶手箱上："这儿有十万块钱，是我欠你的，密码是你的生日。"

小晴瞥了一眼，然后把银行卡丢回给陈默："我不缺钱，你拿着吧！"

"这是我欠你的。"

小晴盯着眼前的公路："虽然我觉得你不欠我什么，但按你的说法，我还是想让你欠着。我想让你一辈子都欠着我，那样的话，也许你一辈子都忘不了我。"

"你怎么这么残忍？"

"残忍吗？这难道不是你应受的惩罚吗？"

陈默看了看手里的银行卡，他非常明白，小晴是怎样执拗的人，她不想要的东西，无论如何你也无法让她接受。于是，陈默只好把银行卡装回原处。

小晴扭着方向盘说："你的比赛我不能去看了，歌舞团在昆明有个演出，明天就要出发，我会在电视里看的。"

陈默望向小晴姣好的侧脸，虽说这些年，她的眼角被岁月毫不留情地划出了几丝浅纹，但她依旧漂亮、妩媚、动人心扉。

"你干吗那么看我？"小晴随口一问。

"……哦，没什么。"

"我可以让你吻我。"小晴把车靠边一停，然后点亮双闪，"你吻吗？"

"吻。"

"想得美！"

眼前的情景使陈默再次想起了1987年那场演唱会后，他和一个叫齐小晴的女孩站在首体门前的路灯下。

女孩问他："能抱一下吗？"

他说："当然。"

他问女孩："你叫什么名字？"

女孩说："我叫齐小晴。我喜欢你。每天睡觉前，我都要听你的歌。我还会经常梦见你呢！"

"谢谢你。"

女孩又问："我可以让你吻我，你吻吗？"

第二天，主持人朱佳登上了华丽非凡的舞台，他依旧风度翩翩，笑如暖阳："欢迎大家收看本期《摇滚英雄会》！经过前三场激烈角逐，今晚，我们将迎来晋级赛的最后一场演出。我想，今晚的比赛会更加精彩、更加好看，因为这场比赛，将直接决定诸位选手的去留。通过票数累计，今晚将有四位选手晋级决赛，而另外四位只能接受离开的现实。虽然比赛是残酷的，但每一位选手都在《摇滚英雄会》的舞台上留下了灿烂的歌声和摇滚的信念，请大家再次把掌声送给他们！

"今晚的比赛是自选演唱，每位选手可选择任一歌曲进行表演，也就是说，这场比赛在选歌上，歌手们拥有绝对的选择权。以前三场演唱情况来看，虽然有几位歌手的票数暂时大幅领先，但此时此刻，一切都还没有答案。也许就在今晚，会出现逆袭的黑马，这也是自选演唱最大的亮点。看过前几季的朋友也许知道，这种情况不是没有发生的可能。所以，结局如何，请大家拭目以待！

　　"首先出场的，仍是 A 组的四位选手。经过赛前抽签，出场顺序已经决定。那么接下来，第一位出场的这支乐队，最近在网上的呼声越来越高。虽然这是一支成立不久的乐队，却在短短的几场比赛之后，圈粉无数。有人说，他们代表着一个时代的精神，也有人说，他们让摇滚的情怀再次回归。可我说，他们就是一支乐队，只不过，他们唱的是摇滚。今天，他们带来了一首耳熟能详的经典歌曲，来自 beyond 乐队，《真的爱你》！好了，废话不多，让我们用热烈的掌声欢迎抗——衡——乐——队！"

　　台上的大灯尽数熄灭，巨型的电子荧幕骤然变亮，画面里，镜头仰望树冠，一片片绿叶在柔和的晨曦里显得嫩绿而斑驳，风过处，叶子轻摇，光影迷离。柔和的民谣吉他奏响了舒缓的旋律，镜头随之一切，出现了一片花草和一方石凳，陈默坐在石凳上，对镜头说道："这是我妈妈生前住过的养老院，她在上个月刚刚离世。她是一位非常传统的女性，思想比较守旧。还记得我刚开始玩摇滚的时候，她和我爸都非常反对，他们都觉得我再这样下去，肯定会变成不学无术的废物。"陈默暗自思忖了几秒，"应该是1987 年我出了《摇滚的鸡蛋》那张专辑以后，有天回家，我听到院子里有人在放我的歌。那时候住四合院，不止一家人。我以为是别人在听，也没在意。没想到我一推门，居然看到我妈一动不动地站在那种老式磁带机前，磁带机的喇叭里，就是我的歌。"

陈默笑说："我妈听有人进门，连忙把磁带机的插座给拔了。一看是我，她才松了口气。我问她：你干吗这么紧张啊？她告诉我：不能被你爸知道。然后她取出磁带，拿一块围巾包了又包，裹了又裹，最后塞进衣柜最下面的被褥里。那时候我才知道，我妈老是背着我爸听我唱歌。后来，她没再反对我，当然，也没有正面支持过。但我知道，她是支持我的。

"我爸去世以后，她就住进了这家养老院。后来，她得了老年痴呆，一开始还认识我，后来总把我认成别人。我在她那儿扮演过很多角色。什么保安、房产中介、保险经理、焊工、钳工，都当过。确切地说，是她把我认成了这些人。

"每次都要听她讲许多关于她儿子的故事，可你知道，我就坐在她眼前。

"她老是坐在电视机前等她儿子出来唱歌，却总是等不着，但她一直在等，她知道她儿子是摇滚明星，所以，她相信总能等着。但她不知道的是，已经没多少人听她儿子唱歌了……

"所以，今天唱这首，一来是想谢谢她。"陈默眼眶迷离起来，"二来，也算是圆她一个心愿。"

……

"妈妈，我爱你。"

电子荧幕如墨而黑，"抗衡乐队"和"真的爱你"八个大字相继出现。只听圆子的电吉他 solo 像几声嘹亮的军号冲破黑暗，在吴飞炙热的鼓点轰然响起时，舞台登时金芒炸裂，台下的观众全都疯狂地呐喊起来。

陈默真切地感受着肩头这把电吉他的重量，他随着节奏扫动琴弦，然后伴着轻盈的打击乐，用标准的粤语唱道：

……

无法可修饰的一对手

带出温暖永远在背后

总是啰嗦始终关注

不懂珍惜太内疚

（楚哲唱。）

沉醉于音阶她不赞赏

母亲的爱却永为退让

决心冲开心中挣扎

亲恩终可报答

（许是情到深处，陈默的嗓音变得颤抖而亢奋。）

春风化雨暖透我的心

一生眷顾无言地送赠

是你（吴飞的鼓点如雷鸣一般排山倒海而来。）

多么温馨的目光

叫我坚毅望着前路

叮嘱我跌倒不应放弃

没法解释怎可报尽亲恩

爱意宽大是无限

请准我说声

真的爱你

……

（吟唱，让陈默想起了很久很久以前的某一天，母亲接自己放学。黄昏时分，晚霞绯然，母子俩走在回家路上，途经一家照相馆时，陈默问：妈，照相馆是干吗的？母亲微笑着说：照相啊。陈默又问，什么是照相啊？母亲说：照相就是把你现在戴红领巾的样子画出来。陈默：能不能把我跟妈妈都画出来？母亲说：当然可以。陈默央求道：咱们去画一个吧，就画一个。母亲犹豫了一下，然后欣然牵着陈默走进照相馆。照相师傅让母亲坐下，又让陈默站在旁边，可母亲说：还是不坐了，我就牵着孩子吧。师傅问：那就照个全身？母亲说：可以。师傅把陈默的红领巾戴正，然后让他对着面前的玻璃小孔保持微笑。只听"咔嚓"一声，那个1972年的傍晚便永远留在了一张黑白色的照片里。师傅问陈默：上几年级了？陈默说：二年级。师傅又问：将来想干什么？陈默说：想当科学家，或者飞行员。师傅笑道：为什么想当飞行员？陈默：因为当飞行员可以开飞机，开着飞机在天上飞，就像小鸟一样自由自在。母亲什么都没说，却一直牵着陈默，望着他笑。）

……

仍记起温馨的一对手

始终给我照顾未变样

理想今天终于等到

分享光辉盼做到

春风化雨暖透我的心

一生眷顾无言地送赠

是你多么温馨的目光

要我坚毅望着前路

叮嘱我跌倒不应放弃

……

比赛结束后的第三天清晨，在北三环一栋精品单身公寓里，挂在墙上的电视机正重播着《摇滚英雄会》。王烨洗完澡，从卫生间踱步而出，当他看到电视里的陈青正在演唱时，顺手便拿起遥控器关了电视。他沏了杯清茶，闻了闻，很香。然后他来到阳台，端着茶杯静静地站着。清晨，已经能感到秋天的微凉。他轻轻呷了口茶水，忽然电话响起，原来是江诗蕾。他轻咳两声，把嗓门调到最柔软的状态，说道："喂！诗蕾。"

"想好了吗？什么时候回公司？我已经受不了现在这个经纪人啦！"

"我想好了，不回去了。"

"为什么？不是说好等你那个老年人乐队比赛结束你就回来吗？他们被淘汰那天你不是在现场吗？比赛已经结束了呀！"江诗蕾带着埋怨的口吻，"你是不是觉得薪酬太少？没关系呀，你开价，我去找公司谈。"

"对不起诗蕾。"陈默望着远处翻滚的白云，"我想再陪陪这只老年人乐队。"

"和他们在一起，你能挣多少？据我所知，虽然他们在电视上火了一把，但网上还是有人骂他们消费情怀，拿情怀炒作圈钱。尤其是那首《真的爱你》，一点儿改编都没有，完全是卡拉OK水平嘛。我还知道，至今也没哪家公司找他们代言做广告。你跟他们在一起，挣不到钱的。"

"挣钱不多，但眼下我不怎么缺钱。"王烨说，"跟他们在一块儿，我很开心，这不就够了吗？"

"好吧，我也说不过你。"江诗蕾的声线变得柔和起来，"这样吧,等你玩够了,缺钱了,就回公司找我,我永远给你留着位置。"

"谢谢你,诗蕾。"

"眼下既然被淘汰了,下一步作何打算?"

"已经有预约演出了,在大理,我们明天出发。"

"好吧,那你照顾好自己。"

"你也是。"

挂了电话,王烨把手机放在阳台上,转身坐进旁边的摇椅,他简单回忆了一下这几个月来自己经历的事情,感觉一切都那么刺激、那么新鲜,又那么叫人热泪盈眶。王烨不禁感慨万千,想来人生,真是充满惊喜,也许当你走投无路时,好好抬头看看,就会发现有扇大门正在向你发光。那个时候,你不适合沮丧,更不适合流泪,你唯一要做的,就是昂首挺胸地望着它,然后向前大步走去。

第二十章

　　大理白族自治州，白云从苍山洱海掠过，最后堆积在大理古城的砖墙上。这里的商业化程度不及丽江，所以，民风相对淳朴。偶尔在路上，还能看到身穿少数民族服饰的女人背着竹篓，竹篓里放着自己的孩子和几根儿青笋。

　　这次大理音乐节的主办方仍是音乐嘉年华那家饮料公司。陈默说过，他欠那个老板两场演出，这次是来兑现的。老板非常高兴，而且不管抗衡乐队的名声是好是坏，经过电视节目，毕竟也算小有名气，所以这次音乐节的演出费比之前三场加起来还要多。

　　两天后，演出会在大理州体育馆进行，这两天，除了和乐队排练，其他时间都是悠闲的。这天一早，五人便从洱海边的酒店出发，他们向酒店老板租来电动车，准备骑着它在湛蓝的洱海边绕行一周。

　　洱海，其实是一片湖，但是很大，天蓝的时候，它也很蓝。

想想很久以前，在那个全凭脚力的年代，这里被错认为海，也是情有可原的。

陈默和王烨都骑着一辆色彩艳丽的电动车，他们在轻柔的晨风里并肩行驶。有时候，他们会经过一片田野，地里有用稻草扎成的人和牛，即使细看也栩栩如生。返程时，黄昏骤降，夕阳会从青山的夹缝里倾泻下来，一片金黄的田野上，矗立着冒烟的农舍。

王烨一边骑车一边对陈默说："你猜主办方给我说什么？他们说，刺头乐队主动联系他们，想给你唱个开场。"

"什么意思？"陈默骑着车，用手扶了扶鼻梁上的墨镜。

"就是说，在你们演出前，刺头乐队会上台唱两首，帮你攒人气嘛！"

"好，知道啦！"

王烨瞥了几眼陈默，发现他表情淡然，便问："你怎么一点儿都不意外呀？"

"那天在比赛后台，艾克找我，跟我道谢来着，他说谢谢我替他说话。"

"哦！这样啊。"王烨笑道，"你猜他们唱什么歌？一首是他们的新歌，一首是咱们新发的那首单曲，就是我写的那首《傻子在路上》！"

"好啊，很期待。"

"想好了吗？开场用哪首歌？"

"《摇滚的鸡蛋》。"

两天后，大理音乐节正式开始，第一场便是抗衡乐队专场。天黑以后，空气变得凉爽起来，大理州体育馆里，许多座位仍然空着，但舞台下方，却站着将近五六百号人。刺头乐队作为助唱嘉宾，首先登台，他们躁动的电吉他 solo 和铿锵有力的架子鼓，掀起了现场一次又一次呐喊。

艾克用颗粒感十足的嗓音唱着《傻子在路上》，台下许多观众都合唱起来。坐在后台候场的陈默满脸狐疑地对身边的王烨说："这歌刚发不到一星期，这么多人会唱啊？"

"这就是网络的速度。"

只听艾克吼唱：

……
啦啦啦……车开了
我们穿过沙漠和森林
穿过湖泊穿过草地
穿过东京和大理
……

刺头乐队的两首歌匆匆而过，主唱艾克喘着粗气，对麦克风说道："接下来，把舞台交给我的前辈陈默，交给抗衡乐队！青春万岁，摇滚万岁！再见。"艾克举起魔鬼之角的手势，挥动着走下舞台。

台下顿时掌声雷动。一对恋人站在人群最后，女孩问男孩："陈默要出来了吗？"

男孩说："应该快了。"

女孩把挂在脖颈上的双筒望远镜摘下来，满是不情愿地说："都怪你，我说来早点儿嘛，现在怎么办？站在这儿，用望远镜都看不到。"

男孩想了想："这样吧，你骑我肩上不就看到了吗？"

"那你蹲下。"

男孩用肩膀驮起女孩，问道："能看到吗？"

"嗯！"女孩用望远镜盯着舞台，笑说，"能看到了，可是，这样你很累啊！"

"不累！我吃的比你多嘛！"

陈默和王烨坐在后台的长凳上，他们把烟头扔进手边的一次性纸杯，只听"嘶啦"一声，腾起了几缕青烟。工作人员跑来说道："陈老师，该您登台了。"

"好的，谢谢。"陈默用手拍了拍王烨的大腿，"小烨，谢谢你。"

"说什么呢？"王烨憬然一笑，"你吃错了药了吧？快走吧，他们都在舞台那儿等你呢！"

陈默起身，对王烨笑了笑，然后向前走去。

走过一道很长的回廊，现场的工作人员都拿着对讲机来回乱跑，毫无章法。又拐进另一道回廊，和几个年轻人擦肩而过，他们穿着海魂衫，用手掌为陈默指着通往舞台的路。在回廊尽头，左拐，他看到一堆人正站在远处，走近时，才发现这些人他竟然全都认识。

留着长发的圆子，看上去只有二十来岁，他背着一把吉他，手里握着另一把。圆子见陈默走来便说："你赶紧啊？都等着呢！"

陈默望了望，这十几个人里，除了楚哲、吴飞，还有过去一起玩儿音乐的陈鹏、赵勇、李子义，还有好多好多人，他都能叫得出名字，而且他们都那么年轻，眼神都那么明亮。

年轻的圆子将手里那把吉他塞给陈默，不高兴地说："拿着呀，发什么呆呢？"他又转头对众人喊道："走啦走啦，抓紧上台。"

　　走出回廊，步上舞台，时间好像变得慢了下来，所有人的动作都显得那么迟缓。舞台下，那些眼神炙热而明亮的年轻人都在欢呼雀跃，黑压压的人群中，无数面巨大的红旗在空中翻滚、摇曳。

　　陈默的背影结实挺拔，他的短发也乌黑明亮，当他将手里的吉他挂上脖颈时，自己少年时的脸庞露出了得意的笑容。

　　他转身对那些打扮奇怪、坐在乐器前等待的年轻人点了点头，转而将左手放在了 C 和弦上，当吴飞的架子鼓响起时，陈默扫响了琴弦，然后猛然转身对麦克风吼道："来吧！青春万岁！摇滚——万——岁！"

　　……

　　摇滚、摇滚、摇滚的鸡蛋（和声）

　　摇滚、摇滚、摇滚的鸡蛋（和声）

　　（鼓声爆裂，主音吉他扶摇直上，陈默开唱）

　　有没有感觉生活非常枯燥

　　像西伯利亚寒流的一阵风

　　有没有感觉现实非常冷漠

　　你需要春暖花开的态度

　　这世界每天变得都叫人紧张

　　人的理想每天都会被吃掉一些

　　当你走在高楼大厦的中间

　　渺小的你呀就像是一颗鸡蛋

摇滚、摇滚、摇滚的鸡蛋（陈默爆嗓）
摇滚、摇滚、摇滚的鸡蛋

有没有感觉那个女孩很天真
她居然相信你的理想会成真
除了她以外的她以外的所有人
没有一个能决定你的人生

这世界每天变得都叫人彷徨
人的疯狂每天都会被增加一些
当你站在高楼大厦的上面
愤怒的你呀就像是摇滚的蛋

摇滚、摇滚、摇滚的鸡蛋
碎了、破了、不是一个人
摇滚、摇滚、理想的人生
醉了、醒了、岁月了无痕

摇滚、摇滚、摇滚的鸡蛋（和声）
摇滚、摇滚、摇滚的鸡蛋（和声）

……

第二十一章

    四年后，陈默淡出了心爱的摇滚舞台，和楚哲合伙成立了默哲音乐工作室，除了帮新人制作音乐专辑外，偶尔也会为电影、电视剧制作插曲。

    夏天的北京依旧闷热，一大早，陈默走进了一家早餐店，在角落里看到了一个熟悉的背影。

    "小晴？"陈默喊道。

    女人转头看了陈默一眼："是你啊！"

    陈默指着小晴身边的凳子说："有人吗？"

    "没有。"小晴莞尔一笑，"坐吧。"

    "你怎么在这儿啊？"

    "他住院了，我来给他买点儿早餐。"

    陈默惊问："什么病？"

    "不算什么大病。"

"哦！那就好，那就好。"

"你最近怎么样？"

"还好吧，和小哲开了一间工作室，生意还不错，就是比较忙。"陈默点的油条上桌了，"要不要吃一点儿？我记得，你挺喜欢吃油条的。"

"不了，我带些去医院和他一起吃。"

"哦！好吧。"陈默搓了搓手心的汗，"那个，你一个人能看过来吗？我看你的黑眼圈很重啊！"

"没关系。"

陈默微微一笑，点头道："那你要注意休息。对了，住院要花很多钱吧？够吗？"

"陈默。"

"嗯？"

"你别做梦了。"小晴笑道，"我不需要你的钱。"

"我知道，我知道。"

"下辈子吧，假如下辈子有缘再见，你要把你欠我的，连本带利地还给我。"

陈默的脸一瞬间僵住了，要不是小晴笑了起来，他似乎都要忘了还有微笑这种表情："没问题，一定加倍偿还。"

"好了，我要走了。"小晴接过老板送来的早餐，"否则他要等急了。"

"我送送你。"

"不用了。"小晴说，"再见。"

"好吧，再见。"

望着小晴的身影消失在门外，陈默缓缓站了起来，他想去追，但还是克制住了自己的感情。他坐了下来，心不在焉地吃起了油条。就在此时，电话响了起来。

"喂，王烨，怎么了？"

"下午江诗蕾要过来，你和小哲哥有没有时间？"

"什么事儿，又要出专辑吗？"

"不是，她想投资拍一部电影，所以想跟你们聊一聊。"

"是电影插曲吗？"

"不是，她要拍一部关于摇滚的电影，想在你们那儿取取经。"

"我们很忙，没时间。"

"有咨询费的，你们开个价吧！"

"我们不缺钱。"

"哎哎哎，老哥，你听我说，现在的江诗蕾是一个有情怀的人，和你们一样，她热爱生活，充满理想，你就帮帮她吧！"

"你这张臭嘴啊。行了，下午三点过来吧！"

"得嘞，那下午见。"

吃过早餐，陈默一路向公司走去，途经北京首都体育馆时，他看到那儿的门前摆放着巨大的演唱会海报，细细一看，原来是刺头乐队的演出。

一个尖嘴猴腮的年轻人见陈默驻足，便上前说道："老师傅，您要不要看演唱会，我这儿有票。"

"为什么要在你这儿买票啊？"

年轻人嘿嘿一笑："一看您就是外行，不懂了吧？这么火的乐队，票早就卖光了，你要想看，必须倒票。"

"不会吧？一个唱摇滚的能有这么火？"

"您以为呢？摇滚现在可火着呢，年轻人就爱这个。您要不要？我这儿便宜，后场票三百八，过了这村可没这店儿啦！"

陈默笑说："不要。"

"您要是下午过来买，可真没这个价了。来一张吧！"

"他们都唱什么歌呀？"

"来，我给您看看。"年轻人从怀里掏出一沓门票，指着票面有板有眼地说，"刺头乐队沉默爆发演唱会，向经典和理想致敬，第一首歌，《摇滚的鸡蛋》。老师傅，看您这年纪，陈默您总听过吧？摇滚大咖。"

"嗯，这人我听过。"

"那就对了，后面好几首都是他的歌。这样，三百五，我不挣钱怎么样？"

"不用了，谢谢您嘞！"

"你说你这老师傅，真是好听，骗你孙子。"

"这个陈默的歌，我都会唱，我唱得可不比这刺头乐队差。"

"您出门儿吃错药了吧？得，拜拜了您嘞！"

年轻人离开后，陈默望着海报上那"沉默爆发"的四个大字，不禁想起了许多。而远处那盏路灯早已换了模样，在人们匆忙的步伐中，陈默微微一笑，转身离开。

2017 年 6 月 26 日黄昏于兰州

图书在版编目（CIP）数据

与梦想有关的岁月 / 王明月著. -- 北京 ： 北京联
合出版公司，2018.8
ISBN 978-7-5596-1992-1

Ⅰ．①与… Ⅱ．①王… Ⅲ．①长篇小说－中国－当代
Ⅳ．①I247.5

中国版本图书馆CIP数据核字(2018)第076025号

与梦想有关的岁月

作　　者：王明月
出版统筹：新华先锋
出版策划：王　铭
策划编辑：黎　靖　徐佳汇
责任编辑：李艳芬
特约监制：黎　靖
ＩＰ运营：覃诗斯
装帧设计：易珂琳
封面摄影：NORAIT
版式设计：徐　倩
营销统筹：章艳芬

北京联合出版公司出版
（北京市西城区德外大街83号楼9层　100088）
天津旭丰源印刷有限公司印刷　新华书店经销
字数111千字　620毫米×889毫米　1/16　15印张
2018年8月第1版　2018年8月第1次印刷
ISBN 978-7-5596-1992-1
定价：39.80元